谷崎潤一郎◉著
林水福◉譯

痴人之愛

痴人の愛

痴人之愛

痴人の愛

谷崎潤一郎／著
林水福／譯

聯合譯叢 048

目次
Contents

【導讀】

男性爲愛包容一切的荒唐愛情觀

林水福

一

將少女「塑造」成理想的女性，之後娶為妻子的願望，存在於古代和現代，見之於現實生活和小說虛構之中。

例如，《源氏物語》的男主角光源氏（亦稱源氏）與紫之上——源氏邂逅紫之上時，紫之上十歲左右，因貌似藤壺，領養以撫慰對藤壺相思之苦。紫之上十四歲時娶為妻。

名導演伍迪．艾倫娶韓裔美女順子為妻。

谷崎潤一郎的《痴人之愛》男主角，出身地方富農的技師河合讓治，巧遇在淺草的咖啡廳工作的十五歲少女naomi（奈緒美），外表看來似乎「憂鬱、寡言」，但是臉形有像女明星瑪麗．畢克馥（Mary Pickford，一八九～一九七九）的地方，有西洋味。

讓治希望naomi無論精神或肉體都變得很美，成為「偉大的女性」也像「人偶一樣」受珍重；是妻子的同時，也是世間珍奇的人偶、裝飾品。於是讓naomi學英語和跳舞，試圖加以改造成理想女性。

二

精神上，即知性方面的改造，達不到「我」的期待，可是，肉體方面卻「越來越趨於理想」，不！「比理想還更美麗」，越被她的美誘惑。「我」（河合讓治）逐漸忘記「塑造」她的純粹心，反而被牽引，主從易位，等到察覺到時，自己已經無能為力了。

naomi為了從讓治那兒贏錢，購買自己想要的東西，常和讓治下象棋或玩撲克牌。形勢不佳時「就擺出淫蕩的姿勢，敞開胸口或把腳伸出來」，如果這樣還不奏效，「就往我的膝蓋靠……用盡一切的誘惑。尤其是她施展殺手鐗……頭腦不知怎地就暈暈的，眼前突然暗下來，輸贏什麼的就搞不清楚了。」

《痴人之愛》中，谷崎潤一郎想要構築的是「痴人」（即河合讓治）為了獲得naomi的愛，對naomi的種種脫軌行為都可以視若無睹。

例如和一起跳舞的朋友，關、濱田、熊谷……無一例外都做出逾越朋友關係的舉止，還和其中之一利用自己的住家——「童話之家」作為幽會場所。

儘管後來讓治「發現」了，naomi也承認。有一段時間被趕出家門在外頭晃蕩。但最後讓治還是受不了naomi的誘惑。naomi答應讓治幫她刮臉，條件是不可以碰到她的肌膚。那一幕：

她陶醉似地享受剃刀刀刃「愛撫」的快感，眼睛瞪著鏡面，乖乖地讓我刮。我耳中聽聽快睡著的呼吸聲，我眼睛看得到她下顎下邊律動的頸動脈。我接近她的臉近到幾乎被她的睫毛刺到。……我從未在這麼明亮的地方，可以這麼精細一直凝視自己所愛的女人。……我手中的剃刀，有如銀色的蟲在平滑的肌膚上爬行，從頸子向肩膀移動。好身材的她的背部，像純白的牛乳，寬而高進入我的視野……我曾經每日往這背部淋熱水。那時就像現在一樣攪起泡沫。……我的手，我的手指，在這淒豔的雪上嬉戲，在這裡自由、快樂地踩著。或許現

在哪裡留有痕跡。……（頁二八五～六）

結果，讓治受不了這樣的誘惑，遽然丟下剃刀，往她手肘靠過去，被頂回去，手指似乎要靠到某處，由於泡沫的關係滑開了。她再一次用力把讓治往牆壁方向推開之際，讓治完全投降，大喊：「naomi，naomi，不要再諷刺我了！好，什麼都聽妳的！」跪在naomi腳下，說：

「那把我當馬吧！像以往那樣騎在我背上，實在不喜歡的話，只要做這個就行了！」

我說，在那裡趴下來。

一瞬間，似乎以為我真的發瘋了。她的臉那時蒼白到都變黑了，瞪著我看的眼中，有接近恐怖的東西。但是，忽然，她猛然露出大膽的表情，「喀」的，跨上我的背部。

「好！這樣行了吧？」

語氣像男人。（頁二八七～八）

這一幕，是「壯烈的」恢復夫婦關係的場面，也可以說是男女主從易位的「戰鬥」場面。讓治完全屈服，答應naomi什麼都要聽她的，無論要多少錢都要拿出來，無論做什麼都不得干涉。

三

作品中，出現騎馬的場面共有四次。每一次的意涵皆不同。

第一次出現的是第三章。搬到「童話之家」不久，戴眼罩學鬼抓人，在書室中繞來繞去的遊玩時，讓治讓naomi坐到背上。這時，naomi的「自立性」尚未完成，讓治掌握主導權，可以像人偶一樣珍重naomi。這是潔白無垢的世界。

第二次是第十三章。讓治聽到naomi有不正常的男女關係，被naomi的演技欺騙了。naomi說，「那麼，讓治桑現在還有勇氣當馬讓我騎嗎？」為了恢復夫婦的正常關係，形勢較為不利的naomi提議的。顯示形勢不利者的讓步。

第三次，正確地說只有讓治當馬，沒有人騎馬。讓治把naomi趕出家門，恢復安靜之後，對naomi的懷念卻與日俱增，想像從前「騎馬」的樣子，一個人在房間當馬爬來爬去。背上還載著naomi的舊衣服，雙手戴著「足袋」呢。

第四次如上所述，是主從完全易位，「痴人」完全屈服，跪拜在naomi腳下的場面。

四

谷崎潤一郎筆下的男女愛情的樣式，常是少見的，甚至於讓人懷疑真的有這樣的愛情嗎？《春琴抄》裡的春琴，某夜臉被熱水燙傷，變醜。侍候春琴的長工，其實也是丈夫的佐助，為了避免看見春琴變醜的臉，用針刺瞎自己的眼睛，藉此表示永生不渝的愛情。

《鍵》裡的中年夫婦，藉日記寫上彼此對性的要求與反應。丈夫是五十四歲的大學教授，沉溺於妻（四十五歲）美麗的肉體，追求美妙的性愛，與妻、女兒敏子、敏子的未婚夫木村合演表面看來荒唐無稽的性愛戲圖，至死無悔！

男人為了心愛的女人，可以包容一切，無視於世俗的眼光，或許這是谷崎的男性愛情觀。

痴人之愛

1

我現在開始就一般認為世間沒有的例子，我們夫婦的關係，儘可能老實、大略將既有的事實書寫。對我本身而言是難以忘記的珍貴紀錄，同時恐怕對讀者諸君而言，無疑地也一定會是參考資料，尤其是像這陣子日本在國際上的交流越來越廣闊，本國人和外國人的來往頻繁，各種主義和思想傳入，男的不用說，女的也變得時髦，已經進步到這樣的情勢，以往少有的像我們夫婦的例子，不久，在各位的身上也會發生吧！

想想，我們夫婦早已從那過程改變了。我第一次碰到我現在的妻子，剛好頭尾是八年前。究竟幾月幾日？詳細的我不記得；總之，那時她在淺草的雷門附近有家名叫「咖啡·鑽石」的店當女服務生。她的年紀虛歲十五。因此，我認識時她剛到那家咖啡廳服務，是真正的新人，不是正式的女服務生，是見習生，——嘛，說來不過是女服務生的儲備人才。

當時已經二十八歲的我為什麼會看上那樣的小孩呢？其實自己也不清楚。可能最初是因為喜歡那個女孩的名字吧！大家都叫她「NAO將」；有一次我問了才知道本名叫奈緒美。這「奈緒美」的名字，引起我很大的好奇心。「奈緒美」好美、寫成NAOMI有如西洋人，是這麼覺得開始的，之後逐漸注意她。不可思議的是名字時髦，就連臉形等什麼的都帶有西洋人味道，而且看來相當聰明，我甚至覺得「當這種地方的女服務生太可惜了」。

實際naomi的臉形有像女明星瑪麗・畢克馥（譯注：Mary Pickford，加拿大，一八九二～一九七九）的地方，的確有西洋味道。這絕不是我偏袒的看法。即使現在成了我的妻子，許多人也這麼說，因此，與事實無異。不只是臉形，看到她的裸體，那身裁更是有洋人味兒；當然，這是我後來才知道的，那時候我也沒了解到那裡。不過，既然身材這樣，手腳的樣子也不差才是，這只是從衣服穿著的樣子加以想像的而已。

終究十五、六歲少女的脾氣，除非親生父母親或姊妹，實在難以了解。因此，如果被問到在咖啡廳時候的naomi是怎樣的個性，我很難明確地回答。恐怕就連naomi本身，那時候也只是對任何事都熱中而已吧！不過，說到外表看來的感覺，究竟怎麼呢？我覺得似乎是憂鬱、寡言的孩子。臉色有一點白，有如把幾張無色透明的玻璃板重疊在一起所呈現的深沉色調，看來並不健康。其中的一個原因是剛來服務，不像其他女服務生擦粉，對客人或同事也還不熟，躲在角落裡默默地認真工作，所以會有那種感覺。而她讓人覺得聰明，或許也是因為那樣子。

在這裡我想有必要說明我的經歷。我當時月薪一百五十圓，光某電氣公司的技師。我出生在栃木縣的宇都宮，在家鄉的中學，畢業就到東京，進入藏前的高等工業學校，從那裡畢業沒多久就當了技師。除了星期日，每天從芝口的租屋處到大井町的公司上班。

一個人住宿舍，領一百五十圓的月薪，我的生活相當寬裕，何況我不是長子，沒義務寄錢給故鄉的母親或兄弟姊妹，這是因為老家經營相當大的農業，父親已經不在，年邁的母親和忠厚老實的叔父夫婦處理一切事務，所以我毫無負擔。但也並不揮霍，大概是標準職員——樸素、認真，沒有變化到平庸、沒有任何不滿，每天工作——當時的我大概是那樣子。說到我「河合讓治」，公司裡甚至也有「君子」之稱。

說到我的娛樂，傍晚去看電影、或到銀座街道散步，偶爾狠下心到帝國劇場，頂多是那樣的活動。當然我也是結婚年齡的青年，當然不討厭接觸年輕女孩。我本是鄉下長大的粗人，不善於交際，從未與異性交往，可能也因此才被冠上「君子」的稱號吧！其實，只是表面上的君子，走在街上，或每天早上搭電車時，心裡對女性保持高度注意。大概在那樣的時期，偶然 naomi 出現在我眼前。

那時，我並不覺得naomi是最漂亮的。在電車裡、帝國劇場的走廊、銀座街道這些場所擦身而過的千金小姐裡，當然有許多人比naomi漂亮。naomi的容貌會不會變漂亮是將來的事，十五歲左右的小姑娘往後值得期待，但也讓人擔心。因此我最初的計畫是反正領養這個孩子、照顧她，如果有機會的話，好好教育她，娶為妻也無妨——大概是這種想法。這一方面是同情她的結果，另一方面是我本身希望在過於單調的日子裡多少增添點變化。老實講，我已厭倦多年的公寓生活，希望能為這殺風景的生活增添一點色彩和溫暖。希望能有一間房子、狹小無所謂，裝飾房間啦、種植花卉啦，在日照良好的陽臺掛上小鳥的籠子；至於廚房的事，清潔打掃等就雇個女傭來做。如果naomi願意來，她可以負責女傭的工作，代替小鳥陪伴我。我大體上這麼想。

既然這樣，為什麼不從相當的家庭娶親，建立正式的家庭呢？說到這個，總之，我還沒有結婚的勇氣。關於這點不稍加詳細說明不可，畢竟像我普通的人，討厭離奇古怪的事，也做不來；不過，不可思議的對於婚姻觀念卻相當先進、有時髦的看法。談到「結婚」世間人有拘謹、重視儀式的傾向。首先第一有「介紹人」，若無其事探看雙方的想法。其次是「相親」。如果雙方沒什麼不滿，就另請媒人，下定禮，把所謂五擔、七擔、十三擔的新娘行李送到夫家。之後是出嫁、新婚旅行、歸寧……依照相當麻煩的手續，我討厭這些。我希望結婚能以更簡單、自由的方式進行。

那時候，如果我想結婚的話，對象大概很多吧！雖說是鄉下人，體格健壯，品行端正，這麼說雖然有點可笑，相貌一般，公司的信用也有，因此誰都樂意幫忙。其實，我討厭「被幫忙」，這也沒辦法。縱使再怎麼樣的美人，一兩次的相親，不可能就了解彼此的脾氣、性格。「嗯，要是那個的話」、「有點漂亮」只以一時的感覺就決定一生的伴侶，那樣的糊塗事我做不來。再者，我想把像naomi那樣的少女帶回家，慢慢看她成長，如果喜歡，再娶為妻子的方法是最好的。我也不企求大富豪的女兒、或者教育程度很高的女孩，所以這樣就可以了。

不僅如此，把一個少女當朋友，朝夕看她發育的情形，是多麼賞心悅目呀！亦即以遊戲般的心情同住一家，跟正式建立家庭是不一樣的，但似乎又特別有趣。意即我和naomi玩扮家家酒，沒有「有家庭」那麼麻煩，過單純的生活。——這是我的期待。實際現在日本的「家庭」，什麼衣櫥啦、長方形火盆啦、坐墊啦該有的一個不能沒有，主人和妻子、女傭的工作涇渭分明，與鄰居、親戚之間的應酬非常麻煩，因此多花了冤枉錢，把簡單可以了事的變得繁雜、無聊，年輕的薪水階級並不愉快，不是好事。關於這一點，我的計畫相信一定是個好主意。

我跟naomi談這件事是認識她大約兩個月的時候。在這之間，只要有時間我常到鑽石咖啡廳，儘可能製造親近她的機會。由於naomi很喜歡看電影，假日我跟她一起到公園的電影館看電影，回程就繞到西餐廳或日本麵店。沉默寡言的她無論什麼場合都很少説話，不知是高興或覺得無聊，經常都沉默著。我邀請她時絕不説「不！」。爽快回答「好呀！去也行。」無論到哪裡都跟著去。

究竟她認為我是怎樣的人，打怎樣的算盤跟著來呢？這我也不清楚。她還是小孩，對「男人」不會投以懷疑的眼光。我想她只是覺得這個「阿伯」帶我去喜歡的活動，有時請我吃東西，一起去遊玩，是極單純、天真的想法。而我完全把她當小孩，對當時的她既不期待超越溫柔親切的「阿伯」範圍，也沒有做出那樣的舉動。想起那時候淡淡的如夢般的日子，有如住在童話世界，即使現在也不由得有想再一次過著純潔的二人世界的念頭。

「naomi，怎麼樣？看得清楚嗎？」

小電影院客滿沒有空位，一起站在後邊，我常這樣問她。naomi回答：

「不！根本看不到。」

儘量伸長脖子，想從前面客人的頭與頭之間的空隙看過去。

「這樣也看不見呀！妳坐到這木頭上，抓住我的肩膀看看！」我這麼說，把她由下往上推，坐到高高的扶手的橫木上。她的雙腳晃呀晃，一隻手搭著我的肩，終於滿足似的，注意看銀幕。

「有趣嗎？」我問。

「很有趣呀！」

只這麼回答，也不會拍拍手表示愉快、或跳起來表示高興；就像聰明的狗注意聽遠方的聲響，默默地，伶俐似的眼睛一眨一眨看東西的表情，讓人覺得她的確很喜歡看電影。

我即使問她：

「naomi，肚子餓不餓？」

「不餓！我什麼也不想吃。」

雖然也曾經這麼回答過；不過，餓的時候常不客氣地說「是的，餓了。」想吃西餐就說西餐，想吃日本麵就說日本麵，問她時都明確回答。

2

「naomi，妳長得像瑪麗．畢克馥。」

這是什麼時候呢？正好看那位女明星的電影回家時繞到某家西餐廳的晚上，以此當話題。

「真的？」

她並未露出高興的表情，只是不可思議地看突然說出那樣的話的我的臉。

「你自己不覺得嗎？」

我又重複問：

「我不知道像或不像，大家都說我像混血兒。」她若無其事地回答。

「我想也是，第一妳的名字跟人家不一樣，naomi很時髦的名字，誰取的呢？」

「我不知道誰取的。」

「是爸爸呢？還是媽媽呢？」

「是誰呢？……」

「那naomi的爸爸是做什麼生意的？」

「我爸爸不在了。」

「媽媽呢？」

「媽媽還在，不過……」

「那兄弟姊妹呢？」

「兄弟姊妹可多呢，有哥哥、姊姊、妹妹——」

後來偶爾也談到這話題，被問到家中事時，她常馬上露出有點不高興的表情，支吾其詞。一起出去玩時大概在前一天就約定好，既定的時間在公園的板凳或觀音堂前等候，她絕不會弄錯時間或爽約。我有事情耽擱遲到時擔心「她會不會等待太久，回去了呢？」到了那裡一看她還等著。一看到我，馬上站起來大剌剌地走過來。

「對不起！naomi！等了很久吧！」我這麼說。

只是這麼說，並沒有抱怨，也沒有生氣的樣子。有時約在板凳上等，突然下起雨來，心想到底她會怎麼辦，過去一看，她蹲在池旁祭祀某人的小祠的走廊下，還是老老實實等著，覺得太可愛了。

「是呀！等很久了！」

那時候她的服裝，看來大都是姊姊傳給她的舊銘仙綢（譯注：絹織物之一，耐穿便宜，女性常拿來做日常衣服）衣服，繫著毛紗友禪（譯注：友禪，日本獨特之染法；毛紗，係mousscline之音譯，平級薄毛呢）的腰帶，頭髮梳的是日本式分兩邊像桃子的髮型，施淡粉。穿的是雖有補丁，很適合小腳、樣子不錯的白色足袋。問她為什麼放假日還梳日本式髮型呢？她回答「家人說要這樣子！」還是沒有詳細說明。

「今夜很晚了，送妳到家門前吧！」我雖然再三這麼說。

「很近，我自己回去好了。」

走到花店邊，naomi一定丟下「再見！」兩字，就巴達巴達地往千束町的小巷跑。

是的——那時候的事沒必要寫得詳細；有一次我跟她談得融洽。

那是滴滴答答下著春雨的，暖和四月底的夜晚。正好那晚咖啡廳休息，靜得很，我占著桌子啜酒，喝了好久。這麼說好像我喝了許多酒，其實，我酒量很差，為了打發時間，要她準備女性喝的甜甜的雞尾酒，一小口一小口像舐似地喝，那時她送了下酒菜來。

「naomi，請來這裡坐一下！」有點仗著酒醉的膽子說。

「什麼事？」她說著，乖乖地坐在我旁邊，我從口袋裡一掏出敷島香菸，馬上幫我點火。
「沒問題吧！在這裡稍微聊一聊。——今晚不忙。」
「這種情形很少有呀！」
「經常都這麼忙嗎？」
「好忙呀！從早忙到晚——連看書的時間都沒有。」
「那naomi很喜歡看書哦？」
「是呀，很喜歡。」
「都看些什麼呢？」
「看各種雜誌呀！只要書籍什麼都行。」
「讓人佩服，既然那麼想看書，去念女校怎麼樣？」
我故意這麼說，注意看naomi的臉，她生氣了？擺起架子，往別的地方注視著，而她的眼中明確浮現似悲傷、無奈的眼神。
「naomi，妳真的想做學問？怎麼樣？如果想的話我讓妳念書。」
我即使這麼說，她還是沒哼聲。我再次以安慰的口氣說。
「naomi，不要不說話，說看看，妳想做什麼？想學什麼？」

「我想學英語。」

「哦，英語和……只有這個嗎？」

「還有想學音樂。」

「我出補習費，妳就去學吧！」

「上女學校已經太晚了，已經十五歲了。」

「哪裡，女的跟男的不同，十五歲並不晚。而且，只學英語和音樂不用上女學校，另外請老師就行了，妳真的想好好念？」

「真的呀。真的可以讓我念？」naomi說著，突然瞪著我的眼睛看。

「真的呀。不過，naomi要是念書就不能在這裡上班，妳這樣也可以嗎？妳要是不上班，我領養妳照顧妳……我負責到底，想把妳教育成出色的女性。」

「好啊，如果可以這樣的話。」

毫不猶豫，我對她回答得果斷的言辭，多少感到驚訝。

「那麼妳是說可以停止上班？」

「是呀，停止上班。」

「naomi妳自己這樣可以，但媽媽或哥哥會怎麼說？也要問問家人的意見吧？」

「家人的意見，不問也沒關係。沒有人會說什麼的。」

她嘴裡雖然這麼說，其實，意外的很在意，這是明確的。亦即，她討厭自己家裡的內幕讓我知道，習慣性故意裝作什麼都不在乎的樣子。我也覺得既然她那麼討厭，我也不想勉強知道；不過，為了實現她的希望，還得拜訪她家，和她的母親、哥哥懇談不可。隨著這件事的進行，後來我好多次說「讓我見見妳的家人吧！」奇怪的是，她並不高興。

「不用，不見面也沒有關係。我自己說就行了。」

這是她固定的說詞。

我在這裡沒有必要為已成為我妻子的她，為「河合夫人」的名譽硬是讓她不高興，沒必要調查當時naomi的身家和出身，因此儘可能不觸及。以後會有自然明白的時候，在那之前我知道她家在千束町，十五歲當咖啡廳的女服務生，還有絕不讓人知道自己的住處，無論是誰應該都可以想像得到大概是怎樣的家庭。不！不只是這樣，我最後說服她讓我見了她母親、哥哥；他們對自己的女兒、妹妹的貞操幾乎完全不當一回事。我跟他們商量，好不容易她本人說喜歡做學問，在那樣的地方長久服務很可惜，因此如果沒問題的話，請把她託給我。反正，我雖然沒有很多事，正好需要一個女服務生，打掃廚房、抹抹擦擦的工作，在這之間我讓她受教育，當然我的情況、單身等完全說清楚，「如果能夠這樣對她本人的幸福……」的確是缺少說服力的說辭。如naomi說的，沒有見面的必要。

我那時深刻感到世上也有相當沒有責任感的母親和哥哥，也因此更覺得可憐、悲哀。依她母親的說法，他們對待naomi「其實希望這個孩子當藝妓，她本人沒這意思，也不能一直讓她遊手好閒，沒地方去就丟到咖啡廳」是這樣的原由，要是有人領養她讓她長大成人，也就放心了，大概是這樣的情況。怪不得她討厭在家，即使假日也跑到戶外遊玩，或者去看電影。了解內情之後總算解開了我的謎。

這樣子的家庭，對我對naomi都非常幸運，說清楚之後馬上向咖啡廳請假，每天和我找尋適當的房子。我工作的地方是大井町，儘可能找上班便利的地方，星期日很早就在新橋的火車站碰頭，其他日子公司下班時在大井町會合，蒲田、大森、品川、目黑主要是那邊的郊外，市內就在高輪、田町、三田一帶轉，回程就在某處一起吃晚飯，有時間就看電影，或者到銀座的街道散步，她回千束町的家，我回芝口的租屋處，確實那陣子缺少出租的房子，一直找不到適當的，我們有半個月過這樣的日子。

如果那時候，在春光明媚的五月星期日早上，有人注意到在大森附近多綠葉的郊外路上，一個像公司職員的男子和頭髮梳成桃狀的寒傖少女並肩走著的話，會怎麼想呢？男的叫少女「naomi」，少女叫男的「河合桑」（kawaisan），既非主從，也不是兄妹，樣子不像夫婦亦非朋友，彼此有點距離似地交談，尋問地址、欣賞附近的景色，回頭看四處的樹籬、住家的庭院，路旁開著的花香美色，在晚春長長的白晝幸福似地四處閒逛的這兩人，鐵定是奇怪的組合。談到花，我想起她很喜歡西洋花，知道許多我不知道的花的名字——而且她還知道很多難記的英語名字。在咖啡廳服務時，一直負責插花瓶的花，自然記得名字。路過的門裡，偶爾有溫室時，她眼尖馬上停住腳步：

「啊！好漂亮的花！」

高興地叫出來。

「那麼，naomi最喜歡什麼花？」我這麼問。

「我最喜歡鬱金香。」

她曾這麼說過。

生長在淺草千束町那樣垃圾滿地之中，反而使naomi憧憬廣闊的田園，養成愛花的習慣吧！三色菫、蒲公英、蓮花、櫻草——她看到那樣的東西長在田邊或鄉下路上，馬上小跑步去摘。走了一整天她手裡滿滿地拿著摘的花，不知有幾束花，慎重地拿著直到歸途。

「那些花都枯萎了，丟掉吧！」

這麼說，她不理會。

「沒關係，澆水馬上就活過來，放在河合先生的桌上很適配呀！」

道別時她常把花束給我。

這樣到處搜尋，卻找不到適合的家，猶豫的最後，我們租了從大森車站約一點三、四公里省線電車路線附近一家相當粗糙的洋房。所謂的「文化住宅」——那時還沒那麼流行，用最近的話來說似乎是最適合的。用石棉瓦鋪的屋頂，整體高度在斜坡的一半以上，像火柴盒似的，外側有白色牆壁包圍。有幾處裝有長方形的玻璃窗。正面的門廊前有一塊小小的空地，稱不上是庭院。大概是這樣，住在裡面不如畫圖看來有趣，說來也是理所當然的，聽說本來這房子是某位畫家蓋的，娶了模特兒的老婆兩人住著。因此，房間的隔間相當不方便。只有畫室大得不像話，狹窄的玄關、廚房，一樓就只有這些，之外二樓有三帖和四帖半空間，那是像屋頂後邊放東西的小房間，不能使用。畫室的室內有梯子通往屋頂後邊，從那裡上去有手扶梯繞著的走廊，有如劇場的看臺，從手扶梯可俯視畫室。

naomi最初看到這家的「風景」：

「啊！好時髦！我喜歡這個家。」

非常滿意的樣子。而我看她那麼高興馬上贊成租賃。

可能naomi像小孩的想法，隔間即使不實用，對有如童話的插畫，不同的樣式感到好奇吧！的確，悠哉的青年和少女儘可能不為家務勞累，想以遊戲的心情住下來，這是適合的家。之前的畫家和女模特兒也以這種心情住在這裡吧！其實只有兩人，單是那一間畫室已經足夠起居之用了。

3

我終於領養了naomi，搬到「童話之家」是五月下旬。住進去一看沒有想像的那麼不方便，從日照光足的屋頂後邊的房間可以眺望大海，朝南的前邊空地適合作花壇，有時省線的電車從家附近通過是瑕疵，不過，還隔著田地並不會那麼吵，這麼一來這是無可挑剔的住家。不僅如此，對一般人來說是不適當的，意外的房租很便宜，儘管那時候一般物價便宜，但是不用押金，一個月租金二十圓，這點我很滿意。

「naomi，往後妳不要叫我『河合桑』，叫『讓治桑』真的就像朋友那樣生活。」

搬家的那天我跟她說。當然，老家那邊告訴他們這次我從公寓搬出去，自己有了房子，雇用十五歲的少女代替女傭；不過，倒沒有說跟她「像朋友一樣」生活。從老家來訪的親戚很少，總之，到了必要讓他們知道時我會說。

我們有段時間，搜尋購買適合這少有的新居的家具，為了如何擺設、裝飾而忙碌，不過，日子卻過得快樂。我儘可能啟發她的興趣，買小東西時不一個人決定，讓她表示自己的意見，儘可能採用她腦中想出來的！像衣櫥、長方形火盆那樣常見家庭道具，儘管家裡沒地方擺放，讓她自由選擇，讓她花心思養成自己喜歡的樣子。我們找到便宜的印度印花布，naomi靈巧的手將它縫成窗簾；從芝口的西洋家具店找到的舊藤椅、沙發、安樂椅、桌子放在畫室，牆上掛著兩、三張瑪麗·畢克馥等美國女明星的照片。我本來也想寢具儘可能採西洋式的，但要是買兩張床所費不貲，況且棉被寢具從鄉下老家寄來的話很便宜，最後不得不放棄原先的想法。

然而，從鄉下naomi寄過來的是讓女傭用的寢具，而我跟她說的是蔓藤花樣、棉花的薄棉被。我總覺得不好意思，說：

「這個太差了。拿我的一床棉被跟妳換。」

「不！沒關係，我用這個就行了。」

她獨自在寂寞的屋頂後邊三帖大的房間蓋那床棉被。

我在她隔壁房間——同樣是屋頂後邊，四帖半房間。每天早上醒過來，我們躺在被窩裡朝著對方的房間打招呼。

「naomi，醒來了嗎？」我說。

「嗯，起來了。現在幾點？」她回答。

「六點半唷。——今天早上我做早飯給妳吃。」

「哦？昨天我做的，今天讓治做也好。」

「沒辦法，就做吧！很麻煩，要不然吃麵包算了？」

「好啊，只是讓治好狡猾呀！」

我們想吃飯的話，就用小土鍋煮米，沒移到櫃子，就直接拿到桌子上，配罐頭什麼的就吃起來。如果連這樣也覺得麻煩，就吃麵包，配牛乳，果醬充飢，或手抓西洋糕餅，晚餐以烏龍麵或日本麵湊合，如果想吃好一點的，二人就到附近的西餐廳。

「讓治桑，今天請我吃牛排嘛！」

她常這麼要求。

吃完早餐，我留下naomi，到公司。她早上整理花壇的花草，下午家裡上鎖放空城，去學英語和音樂。我想英語一開始就跟西洋人學比較好，隔天到住在目黑區的美國人老太婆哈利遜那兒學會話和閱讀，不懂的地方我在家幫她複習。音樂方面，我就完全不知道怎麼辦才好，聽說二、三年從上野的音樂學校畢業的某婦人在自己家裡教聲樂，我就讓她每天到芝口地方向伊皿子學一小時，naomi穿著絲綢的上衣，配上深藍的卡西米亞的褲裙，黑色襪子配上可愛的短靴，完全是女學生模樣，自己的理想終於實現，以喜悅的心情上學。有時回程在街上和她相遇，根本就是在千束町長大的少女，不像是咖啡廳的女服務生。髮型方面，後來就不再梳成桃子形狀，而是用絲帶打結，編織髮端讓它垂下來。

我前面說「像養小鳥的心情」，自從我領養她之後氣色逐漸變得健康，個性也慢慢改變，真的就像快樂的、活潑的小鳥。而那間大大的、空蕩蕩的畫室，就是為她而設的大鳥籠。五月底，爽朗的初夏氣候到來。花壇裡的花日漸長大色彩增多。她上完課，我傍晚從公司回到家，從印度印花布窗簾透過來的太陽，把漆成白色的四壁，照亮得有如白天。她穿著法蘭絨的單衣，光著腳趿著拖鞋，在地板上踩拍子唱學會的歌曲，以我當對手遮眼玩鬼抓人的遊戲，那時在畫室跑來跑去，從桌子上跳過去，或鑽入沙發底下，弄翻了椅子，這還不夠，爬上樓梯，在像看臺的屋頂內走廊，像老鼠一樣躡手躡腳地來回，有一次我當馬，讓她騎在背上，在房間裡爬來爬去。

「嘿！嘿！」

naomi喊著。用手帕當繩子，讓我咬著。這也是這麼玩的那天發生的事——naomi呵呵大笑，上下樓梯，太高興了，一腳踩空從上邊滾下來，突然哭了起來。

「怎麼了？哪裡撞到了？讓我看看！」

我說著抱起她，她還是抽搭地哭，掀起袖口讓我看，可能是滾下來時碰到釘子或什麼，右手肘的地方破皮，血滲出來。

「什麼，這麼一點小傷，就哭！來這裡幫妳貼膠布！」

貼上膏藥，撕開手帕當繃帶之間，naomi已經淚眼盈眶，眼淚鼻涕直流，抽噎的臉有如小孩。傷口後來運氣不好化膿，五、六天都好不了，每天幫她換繃帶，沒有哪一次不哭的。

然而，那時候我是否已經愛上naomi呢？我自己也不清楚，可能是已經喜歡上了；自己心裡的盤算是養育她，把她教養成高尚的婦人，光是這樣就心滿意足。然而，那年夏天，公司給了兩星期休假，依每年的例子我回故鄉，把naomi託給淺草她的老家，把大森的家上鎖。到了鄉下，兩星期讓我感到單調、寂寞。那時才開始覺得，原來那孩子不在是這麼的無聊，或許這就是戀愛的開始。於是在母親面前編織理由，比預定提早回東京，雖然已經超過晚上十點，一個勁從上野的停車場雇計程車趕到naomi的家。

「naomi，我回來了。車子在轉角處等著，我們馬上回大森！」

「哦，好，我馬上去。」

她讓我在格子門外等著，不久就提著小小的包袱出來。那是非常悶熱的夜晚，naomi穿著有點白、寬鬆的、有淡紫葡萄模樣的軟棉單衣，用寬而鮮豔的淺紅色絲帶繫著頭髮。那軟棉布是不久前御盆節時買給她的，她在自己家裡找人縫製的。

「naomi，妳每天都做些什麼呢？」

車子才開始往熱鬧的廣小路開動，我和她並肩而坐，臉往她身上靠過去問道。

「我每天去看電影呀！」

「那，都不寂寞嗎？」

「是呀，並不覺得寂寞什麼的，」她說著，想了一下：「讓治桑比預定早回來呢！」

「在鄉下無聊，提早回來。還是東京最好。」

我這麼說，嘆了一口氣，以無可言喻的懷念心情眺望窗外閃爍的都會夜晚，燦爛的燈影。

「不過，我覺得夏天的鄉下也不錯。」

「那也要看哪裡的鄉下。像我家是雜草叢生的百姓家，附近的景色平凡，也沒有名勝古蹟，從白天開始蚊蠅就嗡嗡叫，熱得讓人受不了。」

「真的是那樣的地方？」

「是那樣的地方。」

「我想去那裡的海水浴呀！」突然這麼說的naomi的語調，像膩人的小孩那麼可愛。

「那麼，近日內帶妳到涼爽的地方，鎌倉好呢？還是箱根？」

「大海比溫泉好哪——人家真的想去嘛！」

光是聽她天真的聲音，跟以前的naomi無異；然而，不知怎的只有十天左右不見之間，身體似乎突然長大了，軟棉的單衣下呼吸之間是圓形的肩膀或乳房之間，我不偷瞄都不行。

「這件衣服很合身呀，是誰幫妳縫製的？」過了一會之後，我問她。

「是媽媽幫我做的。」

「家人怎麼說？有沒有說花色選得很好？」

「有呀！選得不錯，只是花樣太時髦——」

「是媽媽說的嗎？」

「是呀！家人什麼也不懂，」她這麼說，眼神似乎往遠方凝視：「大家都說我完全變了個人。」

「有沒有說變得怎麼樣？」

「變得時髦得可怕。」

「是呀！我看也這麼覺得。」

「真的嗎？你曾說過梳日本髮型，你不喜歡所以都沒梳。」

「那帶子呢？」

「這個？這是我在寺內商店街自己買的。怎麼了？」說著，歪著頭，讓膨膨鬆鬆毫無油氣的頭髮隨風吹拂，拿淡紅色的布給我看。

「嗯！很配呀！比日本髮型不知好多少倍？」

「哼！」

她伸長鼻尖，做出有點生氣的得意笑容，說不好聽的話，有點任性的這鼻尖的笑法是她的壞習慣；不過，在我看來卻是個聰明的樣子。

4

頻頻催促「帶我去鎌倉嘛！」預定只停留兩、三天，八月初出發。

「為什麼只有兩、三天？去的話不待個十天、一個禮拜沒意思哪。」她說，臨出發前有點不滿的表情；而我以公司忙為藉口從鄉下提早趕回來，要是洩了底在母親面前會有點不好意思。可是，我要是這麼說，naomi會覺得沒面子，於是：

「哪，今年就兩、三天忍耐一下，明年帶妳到別的地方。——那，這樣可以吧！」

「可是，只有兩、三天！」

「話雖如此，要是想游泳，回來在大森海岸也可以游，不是嗎？」

「我不要在那麼髒的地方游。」

「不要說自己不知道的事。哪！乖孩子！就這樣子，我買衣服補償妳。對了，妳不是說想要洋裝嗎？那麼就準備洋裝送妳。」

被「洋裝」的「餌」勾住了，她終於釋懷了。

在鎌倉，我們投宿在長谷的金波樓，不太高級的海水旅館。現在想來發生了可笑的事。我口袋裡還有這半年獎金的大部分，本來只停留兩、三天也沒必要太節儉。加上我跟她是第一次外宿的旅行，高興得不得了，因此，為了留下美好的印象，不要過於節儉，想住一流的旅館，最初是這麼想的。然而終於等到了那一天，從搭上往橫須賀的二等艙時開始，我們覺得膽怯。怎麼說呢？因為火車中有許多往逗子或鎌倉的夫人或小姐搭乘，形成「燦爛奪目」的隊伍，往其中插入，我個人還好，naomi的打扮就顯得非常寒傖、庸俗。

當然，因為是夏天那些夫人、小姐們不可能過分裝扮，然而，她們和naomi一比，是否因為出身於上流社會，兩者之間感到氣質明顯不同。儘管naomi跟在咖啡廳工作時已經判若兩人，但由於出身不好，我有無法飛上枝頭變鳳凰的感覺，這種感覺她自己無疑的應該更強烈。平常覺得時髦的她，那時穿著軟棉材質的葡萄樣式的單衣，看來是多麼不搭調。在並坐的婦人當中也有穿著簡單的「浴衣」，但不是手指上的寶石散發光芒，就是拿在手上的東西極為奢華，有如訴說她們的富貴，而naomi的手上除了光滑的皮膚之外，沒有一件足以誇耀的光亮的東西。我現在仍然記得naomi很不好意思地把自己的陽傘藏在袖兜後邊。這也是自然的動作，那把陽傘雖是新款，誰都看得出是七、八圓的便宜貨。

我們想投宿到三橋，或者狠下心來住到海濱飯店，東想西猜之際，來到那家飯店門前，首先對大門的莊嚴豪華有一種壓迫感，於是在長谷的街上來回走了兩、三趟，最後選定當地二、三流的金波樓。

旅館裡有許多年輕學生投宿，讓人靜不下心來，我們每天都在海濱度過。野丫頭的naomi只要看到海就高興，已經忘記火車裡的沮喪事。

「這個夏天我無論如何非把游泳學會不可！」

緊抓著我的手腕，在水淺地方啪嚓啪嚓地來回玩水。我用雙手抱起她的身體，讓她趴著浮在水面，或者讓她緊緊抓著棍子，抓著她的腳教她踢水的方法，故意突然鬆手讓她喝了鹹海水，玩膩了就學衝浪，或躺在海邊翻滾玩砂子，傍晚租船划向海上——這時候她常在泳衣上繫著大毛巾，有時坐在船尾，有時以船舷為枕仰望藍空，旁若無人唱起得意的拿坡里的船歌〈聖．露西亞〉聲音高昂。

O dolce Napoli,

O soul beato ...

以義大利語唱的她的女高音，響徹傍晚無風的海上，我陶醉其中，靜靜地划槳。「再往那邊，再往那邊！」她想在海浪上一直划行，不知不覺之間日暮，星星閃爍從空中俯視我們的船，附近暗下來，她的身體被白色毛巾包裹住，輪廓模糊。只有開朗的歌聲不止，不知重複幾次〈聖．露西亞〉，然後是〈Lorelei〉、〈流浪之民〉，選喜歡的部分唱，隨著船緩緩前進，歌聲持續……。

這種經驗，年輕時大家都有過吧！而我其實那時是第一次。我是電氣技師，與文學、藝術緣薄，因此很少看小說，那時想起的是讀過的夏目漱石的《草枕》。對了，我記得其中有「威尼斯繼續下沉、威尼斯繼續下沉」一節；我和naomi兩人在船中搖晃，從海浪透過夕靄的帷幕眺望陸地的燈影，不可思議地心頭浮上這詞句，不知怎的，有和她兩人就這樣被流向不可知的世界，充滿淚水的陶醉心情。像我這麼粗俗的男人能夠體驗到那樣的氣氛，鎌倉的那三天絕非毫無意義。不！不只是這樣，老實說那三天之間我還有一個重大的發現。我到如今雖然和naomi同住，她究竟是何體態，坦白說沒機會了解她裸體的樣子，而這次真正看到了。她第一次到由比濱的海水浴場，前一晚特地到銀座買了深綠色泳帽和泳衣，穿著它們出現時，說真的，我對她四肢的均勻不知多高興。是的，我實在太高興，怎麼說呢？因為我之前從她穿著衣服的樣子，猜想naomi的曲線；果然如我想像的。

「naomi呀！naomi啊，我的瑪麗・畢克馥，妳的身材多麼勻稱啊！看！妳那優美的手。看！妳那挺直像男子的腳。」

我不由得在心裡吶喊、不由得想起電影裡常看到的活潑的泳裝女郎。

沒有人喜歡詳細談自己老婆的身體吧！即使是我，輕率地談後來成為我妻子的她的那些事，讓許多人知道總不是件高興的事。不過，要是都不說的話，有礙故事的進行，如果連這個都避開，那麼寫下這絕錄就變得沒意義了。因此，naomi十五歲八個月，站在鎌倉海邊時，是怎樣的體格呢？非寫在這裡不可。當時的naomi，跟我站在一起比我矮一寸左右。——我先說明，我的體格雖然健壯如石，身高大約五尺二寸，算是矮個子。——她骨架明顯的特長是，上半身短，腳長，有點距離看，覺得比實際高很多。她那短上半身是S字型，凹下非常深，凹下的最底部是帶有十分女人味的臀部圓形隆起。那時候我們看過那個有名的游泳好手凱開曼小姐主演的《水神的女兒》的人魚電影，我說：

「naomi，妳模倣一下凱開曼！」

她站在沙灘，兩手往天空伸展，擺出跳水的姿態，那時兩腳緊緊靠攏，腳與腳之間毫無間隙，從腰到腳踝劃出一個細長的三角形。她得意的樣子：

「讓治桑，我的腳怎麼樣有沒有彎彎的？」

邊說邊走走停停，在沙上伸直，對自己的姿態似乎很滿意地欣賞。

naomi身體的另一特長是從頭到肩的線條。肩膀……我偶爾會有機會接觸到她的肩膀。因為naomi穿泳衣時，常到我旁邊來，「讓治桑，幫我扣一下！」幫她扣肩上的釦子。像naomi那樣圓肩，脖子長的人，通常脫下衣服會是瘦瘦的，她卻相反，意外的肩膀厚實，漂亮，而且有著讓人呼吸急促的胸部。幫她扣釦子時，她深呼吸或手牽動背部的肌肉跳動，即使不是這些時候，緊身的泳衣，在像山丘隆起的肩部也伸展到極限，好像碰了就要彈開似的。一言以蔽之，確實是充滿力量，讓人感受到洋溢著「年輕」與「美麗」的肩部。我偷偷拿她和那附近的許多少女比較看看，覺得像她那樣擁有健康的肩膀與優雅頸部的，再無第二人。

「naomi，稍微靜一靜，再動的話釦子就扣不下去了。」

抓住泳衣的一角有如把大東西往袋子裡塞一樣，我常邊說著，用力把釦子往肩上壓下去。

有這般體格的她，喜歡運動，外向也是當然的。實際naomi只要用手腳的事無論什麼都靈巧。在鎌倉的三天學游泳是個開始，之後在大森的海岸每天拚命練習，那個夏天終於學會了，又划小船，划帆船，學會好多事。而且玩一整天，天黑時筋疲力盡口中嚷著「好累呀！」帶著濕答答的泳衣回來。

「啊——肚子餓扁了！」

身體往椅子裡一扔。怎麼辦呢？做晚餐覺得麻煩，回程到西餐店，兩人像比賽吃飯似地吃得飽飽的。牛排吃完還是牛排，喜歡牛排的她輕輕鬆鬆吃下三盤。

那一年的夏天，快樂的回憶如果一一寫下會沒完沒了，我想在這地方就打住吧！不過，最後一件絕不能漏掉，從那時候開始她洗澡時，我用海綿塊幫她洗手、腳、背部成了習慣。這是因為naomi想睡覺，去澡堂嫌麻煩，為了洗掉海水，就開始在廚房沖水、洗澡。

「naomi，這樣睡著的話身體軟綿綿的沒辦法洗，到澡盆裡我幫妳洗！」

她乖乖聽我的話讓我洗。後來成了習慣，到了涼爽的秋天也沒停止洗澡，最後在畫室的角落設西洋式洗澡間、止滑墊，周圍用屏風圍起來，整個冬天都洗。

5

觀察敏銳的讀者當中，在上面的故事裡，可能有人想像我和naomi已有了超越普通朋友的關係。事實並非如此。那是隨著日月的流逝，彼此心中產生一種類似「了解」的東西。然而，一邊只是十五歲的少女，而我自己如前所說是不僅沒有女人經驗的「正人君子」，對她的貞操也覺得有責任，因此很少因一時的衝動超越「了解」範圍。當然，我心裡認定除了naomi沒有其他女人可以當自己的妻子，如今感情上更無捨棄她的道理，這種念頭越來越根深柢固。由於這樣更不想以玷污她的方法，或玩弄的態度去碰觸那件事。

我跟naomi第一次發生那種關係的是第二年，naomi十六歲那年的春天、四月二十六日——之所以記得那麼清楚，其實那時候，不!從更早之前，幫她洗澡那時候開始，我每天在日記裡記錄有關naomi的趣事。那時候的naomi，體態一天比一天像女人，顯著的發育，有如生下嬰兒的父母記錄小孩的成長過程，「開始笑」、「開始說話」那樣，我以同樣的心情，在日記裡一一寫下引起自己注意的事。我即使現在有時也翻翻它：大正某年九月二十一日——即naomi十五歲的秋天，這麼寫著：

「夜晚八時洗澡。海水浴被曬黑處還沒恢復。只有穿著泳衣的部分是白色的，其他部分都黑黑的。naomi的皮膚本來很白，因此更惹人注意，即使裸體看來也像穿著泳衣。我說，妳的身體像斑馬，naomi覺得有趣，笑了……」

之後大約過了一個月，十月十七日。

「以為日曬脫皮部分逐漸恢復，反而比以前更光滑變成非常美的肌膚。我洗她的手，naomi默默地，注視著從皮膚上滑下來的肥皂泡沫。我說：『好漂亮呀！』她說：『真的很漂亮！』又附加一句：『我是說肥皂泡沫！』……」

其次，十一月五日。

「今夜開始使用西洋澡盆。naomi還不習慣在水中滑來滑去呵呵大笑。我說：『像大baby！』，她回應叫我『papa！』……」

是的，這「baby」與「papa」的稱呼後來有時出現。naomi有事纏我、或撒嬌時，常開玩笑地叫我「papa」。

我在日記上加上「naomi的成長」這樣的標題。不用說只記錄有關naomi的事，不久我買了照相機，從不同的光線、角度拍攝她越來越像瑪麗·畢克馥的臉，貼在日記適當之處。

談日記把話題岔開了，總之，依日記我和她有了切也切不斷的關係的是，來到大森第二年的四月二十六日。本來兩人之間已經有了不用說就知道的「默契」，極其自然，不是誰引誘誰，幾乎連一句話都沒談到這方面，默默之間就發生這樣的事，之後她在我耳邊說：

「讓治桑，一定不要拋棄我呀，」

「拋棄？那樣的事絕不會有，放心好了！naomi應該很了解我的心吧……」

「是的，當然了解，不過……」

「那是什麼時候開始了解的？」

「什麼時候呢？……」

「我說要領養妳時，naomi怎麼看待我？有沒有想過我把妳教養成人，將來想和妳結婚？」

「我想，大概是那麼打算吧……」

「那麼naomi是以當我老婆也可以的心情來的了？」

我還沒等到她回答，用力抱住她繼續說下去。

「謝謝！naomi，真的太感謝了，充分了解我。……我現在才老實說，我沒想過妳能成為我理想的女人。我的運氣太好了。我會一輩子疼愛妳的啦。……只有妳，……絕不會像世間常有的夫婦關係那樣忽視妳。妳要知道我為妳而活。妳的願望無論什麼一定讓妳達成。妳要多念書成為有用之人……」

「是！我會認真念書，一定成為真正讓讓治桑喜歡的女人……」

naomi眼中含淚，不知不覺我也哭了。那一晚兩人談話到天亮。

那之後不久，從星期六下午到星期日待到故鄉，第一次跟母親表白跟naomi的關係。原因是naomi似乎擔心老家怎麼想，為了讓她安心，而且我也希望這件事光明正大進行，因此儘可能趕快向母親報告。我老實陳述我對「結婚」的看法，為何想娶naomi為妻？說明理由讓老人家也能同意，母親從以前就了解我的個性，相信我，只說：

「你既然有這樣的打算就娶那個孩子為妻也行，只是那個孩子的老家是那樣的家庭容易產生麻煩，注意不要以後多生事端。」

即使公開結婚是兩、三年之後的事，不過我想早一點把戶籍遷入，馬上向千束町那邊交涉；本來漫不經心的母親和兄弟們竟然毫無異議順利完成了。他們儘管漫不經心，看來也不是壞心腸的人，都沒提到跟金錢有關的話。

雖然入了籍，我和naomi的親密程度並未因此而急速發展。別人還不知道，表面上仍然像朋友；不過，我們已是誰也不用顧慮的法律上合法夫婦。

「哪！naomi，」有一次我對她說。

「我跟妳往後也像朋友一樣生活不是嗎？一直到永遠。——」

「那、永遠都叫我『naomi將』（譯注：音chan，「將」，人名底下接「將」表親暱之意，接「桑」表敬意。對naomi稱桑，感覺較有距離）嗎？」

「說得也是，或者叫妳『太太』？」

「人家不要——」

「要不然叫『naomi桑』？」

「我不要桑，還是叫chan好了，一直到我說要叫我『桑』為止。」

「那麼我也永遠是『讓治桑』了？」

「那當然了，沒有別的叫法了嘛！」

naomi仰臥沙發上，手裡拿著薔薇花，頻頻拿到唇邊以為要玩弄花，突然：

「哪，讓治桑？」說著張開雙手，緊緊抱住我的脖子。

「我可愛的naomi將……」我被緊緊抱住幾乎無法呼吸，從袖子後邊的陰暗裡發出聲音：

「我可愛的naomi將，我不只是愛妳，老實說我崇拜妳呀！妳是我的寶貝，是我自己發現的琢磨出來的鑽石。因此，為了讓妳成為美麗的女人，我什麼東西都可以買來送妳。我的薪水也可以全部給妳。」

「不用，不用給我那麼多。既然這樣，不如讓我多學習英語和音樂。」

「學東西很好！我馬上買鋼琴給妳。變成在西洋人面前也毫不遜色的淑女，妳一定可以的。」

我常說「在西洋人面前」或「像西洋人一樣」的話，她當然也喜歡。

「怎麼樣？這樣我的臉看來像西洋人？」

說著在鏡子前面擺出各種表情。看電影時她似乎很注意女明星的動作，畢克馥這樣的笑容啦！比娜．梅妮凱莉這樣使用眼神啦！傑拉兒汀．華娜的頭髮常梳成這樣子啦！最後把自己的頭髮解開，嘗試著梳成各種髮型，她捕捉到女明星瞬間的動作，確實高明。

「好厲害呀！模倣得真像，即使是演員也做不到。因為臉像西洋人哪！」

「真的嗎？那一部分最像呢？」

「鼻子和牙齒排列的關係吧！」

「哦！這牙齒？」

接著她發出「依」的聲音把嘴唇張開，看映照在鏡中牙齒的排列。那真是一顆顆非常有光澤的、美麗的牙齒。

「不管怎樣妳跟日本人不一樣，穿一般的日本和服沒什麼意思，乾脆穿洋裝算了！即使穿和服也要穿不一樣的，怎麼樣？」

「那，穿什麼樣子的？」

「往後女性會越來越活潑，以後那種有壓迫感、無趣的衣服一定不適合。」

「我不能穿窄袖和服繫腰帶？」

「窄袖和服並不是不好。什麼都行，儘可能穿看來新奇的衣服，既不像日本，也不像中國，西洋沒有那樣款式的衣服嗎？」

「要是有的話您會為我訂製？」

「我一定為妳訂製。我會為naomi訂製各種樣式的衣服，每天換穿給我看。不是絲綢那麼高級的東西也可行。針織或銘仙綢就行了，但是樣式要有特色呀！」

談到最後，我們到常常去的布料行、百貨公司的專櫃去搜尋布匹，尤其是那時候，幾乎每個星期日沒有不去三越或白木屋的。總之，一般女性穿的，naomi和我都不滿意，要找到滿意的並不容易，隨處可見的布料行，我們認為不行，就到印花布店，賣坐墊、草蓆之類的專門店，襯衫、洋裝布料的店，還專程跑到橫濱，逛華人街或專門賣給外國人的布料行，一整天搜尋下來的結果，兩人都疲累不堪腳僵硬如石，儘管如此，還是四處搜尋「獵物」。走在路上也小心留意，注意西洋人的打扮、服裝，留意到處可見的展示櫥窗。偶爾看到稀奇的東西，大叫：

「那塊布怎麼樣？」

馬上進入那家店，要店員從櫥窗裡拿出布料，披在她身上或從下顎處往下垂，或圍繞身體。——即使只是閒逛不購買，對兩人來說都是有趣的遊戲。

最近一般的日本女性，將蟬翼紗（譯注：organdy為極薄的棉布，稱玻璃紗或蟬翼紗）的東西製成單衣逐漸流行開來；其實開始注意到的應該是我們。naomi奇妙的適合那樣的質料。而且，正經八百的衣服就不適合，製成窄袖、或像睡衣那樣、或睡袍、或將布匹往身上纏幾圈，用別針固定下來，就在家裡晃來盪去，站在鏡子前面擺出各種姿態拍照欣賞。她的身子被白色、玫瑰色、淡紫色像紗那樣透明的衣服包裹著，活像一朵大型花那樣美麗，嘴裡嚷著「擺這樣看看，那樣看看」，我抱起她，或讓她躺下，坐下，走路，就算欣賞幾個小時也不厭倦。

就這樣子，她的衣裳一年不知增加幾套。她的房間放不下那些衣服，隨手到處亂掛，或摺疊擺著。買個衣櫥不就解決了嗎？我們認為這些錢不如拿來買衣服，沒必要那麼慎重保存。數量雖多，都是便宜貨，反正從旁依序穿到破為止，隨便擺在看得到的地方，喜歡時換穿幾遍都很方便，而且還可以當房間的裝飾品，畫室有如劇場的衣間，椅子、沙發上、地板的角落，嚴重的是連樓梯上、屋頂後邊看臺的扶手，沒有哪個地方不扔衣服。而且還很少洗滌，她的習慣是直接穿上，所以每一件大概都髒髒的。

這許多衣裳，大多數裁剪方式非常奇特，能穿出去的大概只有一半。其中有naomi非常喜歡的，偶爾穿著到戶外散步，是緞子的夾層衣服和短外褂。緞子是放了棉花的緞子，短外褂、和服是整體無花紋的蝦色，連草鞋的鞋夾子，短外褂的鈕子都使用蝦色，其他的一切，無論襯領、腰帶、腰帶釦、襯衫的裡子、袖口、反窩邊同樣都配上淺水色。腰帶也是用綿緞子做成的，內襯的布薄、寬幅小，可以把胸部托高，她說襯領的布希望像緞子，就買了緞帶結上去，大都是夜晚看戲時naomi穿著它外出，穿著那布料會閃閃發亮的衣裳，走在有樂坐或帝國劇場的走廊時，沒有人不回過頭看她的。

「那個女的是誰？」

「是女明星嗎?」

「大概是混血兒吧!」

聽到這類的竊竊私語,我和她都很得意,故意在那附近晃來晃去。

那樣的服裝就那麼讓人覺得不可思議,要是比這個更奇特的裝扮呢,再怎麼喜歡搞怪的naomi不可能這樣穿著到戶外去。那些其實不過是在房間裡,為了便於把她放入各種容器欣賞的東西罷了。有如把一朵花插入各式各樣的花瓶欣賞,我的心情是一樣的。對我而言naomi是妻子的同時也是世上少有的人偶、也是裝飾品,所以不足為奇。而她在家時從來正經裝扮。這是從美國舞臺劇的易裝得到啟示的,訂製了三套黑色天鵝絨西裝,恐怕是最花錢、最奢華的室內服裝吧!她穿著那樣的衣服,把頭髮弄得捲捲的,戴著鴨舌帽的姿態,感覺像貓一樣妖豔,夏天不用說,冬天也常用暖爐讓房間溫暖,穿著鬆鬆的睡衣或一件泳衣。她穿的拖鞋,從刺繡的中國鞋算起就不知有多少雙?而且,她大多場合沒穿足袋或襪子,常常赤腳直接穿上那些東西。

6

當時，我那麼討她喜歡，讓她做所有喜歡的事，另一方面又嚴格教育她，沒有放棄把她雕塑成偉大的女性，了不起的女性的最初希望。仔細推敲這「偉大的」、「了不起」的意義，連自己也不清楚。總之，以我極單純的想法，腦中有的是「無論站在哪裡都不感到羞恥，近代的、時髦的女性」，極為模糊的概念。把naomi塑造成「偉大的」與「像人偶一樣珍重的」這兩種是否能夠同時成立呢？——現在想來有點笨。耽溺於她的愛，眼睛昏眩的我，連那麼容易分辨的道理也完全無法了解。

「naomi將，遊玩時好好玩，該念書時要好好念書。妳要是變得了不起，我會買各種東西給妳的。」

我像是口頭禪似地說。

「是，我會念書，而且一定會變得了不起呀！」

被我一說，naomi常這樣回答。每天晚飯後我幫她複習會話和讀本大約三十分鐘。那時候她照例穿著天鵝絨的衣服或睡袍，腳尖踫著拖鞋老是窩在椅子上，儘管我嘴裡一直嘮叨，結果她還是落到「遊戲」和「讀書」分不清的局面。

「naomi將，怎搞的，這種態度！讀書的時候要坐有坐樣……」

我這麼一說，naomi縮一下肩膀，發出像小學生一樣的撒嬌聲，說：

「老師，對不起！」

或者說：

「河合teacher，請原諒！」

以為她會「偷瞄」一下我的表情，卻輕輕戳一下我的臉頰。「河合老師」對這可愛的學生沒有勇氣嚴格要求，叱責的結果就變成天真的惡作劇。

naomi音樂方面我不了解，英語是從十五歲起大約有二年受教於哈里遜小姐，因此，應該相當不錯才是，讀本從第一讀到第二的一半，會話課本讀的是《English Echo》，文法書用的是神因乃武的《Intermediate Grammar》，應該有相當於初中三年級的程度。然而，不管用怎麼偏袒的眼光看，naomi將恐怕還輸給二年級。我覺得不可思議，不應該是這樣子的，於是我拜訪了哈里遜小姐，

「不，沒有這回事。那孩子很聰明，學得很好。」

胖胖的，人很好的那老小姐只是笑咪咪地這麼說。

「是的，那個孩子是聰明的孩子，不過，就是覺得英語不太好。唸是會唸，可是，要她翻成日語或解釋文法就……」

「不！那是你的錯，你的想法不對，」老小姐臉依然笑嘻嘻，插嘴說：

「日本人學英語都想到文法和翻譯。其實，那是最糟糕的。你學英語時，腦中不可以想文法，也不可以翻譯。依照原文反覆讀，那是最好的方法。naomi 桑發音非常美。而且，閱讀也很好，很快一定會變好的。」

老小姐確實說得也有道理。我的意思並不是說有系統地背誦文法的規則。學了兩年英語，讀本念到第三，至少過去分詞的用法、被動句法、主動語句的應用法，應該會；然而，讓她試著把日文翻譯成英文，根本不像話。幾乎比不上中學的劣等生。儘管閱讀再怎麼厲害，這樣終究培養不出實力。究竟兩年之間教了什麼，學了什麼都不清楚。可是，老小姐完全不理會我不滿意的表情，一副完全放心的高傲態度點點頭只是重複說：

「那孩子很聰明。」

這是我的想像，總覺得西洋人教師對日本人學生有一種偏愛。偏愛——說不好聽是先入為主的觀念吧？也就是說他們看到有西洋人味道、時髦、可愛臉孔的少年或少女，馬上覺得那孩子聰明。特別是老小姐這種傾向更明顯。哈里遜小姐頻頻誇獎 naomi 是這緣故，腦中已經決定她是「聰明的孩子」。加上naomi對哈里遜小姐所說的發音極為流暢，是因有著一般人難以達到的聲樂的素養，因此光是聽她的聲音確實非常漂亮，可以說英語相當好，我們根本望塵莫及。因此可能哈里遜小姐被她的聲音騙了，完全信服。說到她有多喜歡naomi？讓人驚訝的是到她房間，看到化妝臺的鏡子旁邊貼得滿滿的許多naomi的照片就能明白了。

我內心對她的看法和教授法相當不滿，但同時西洋人那麼偏愛naomi將，稱讚她是聰明的孩子，正合我意，有如自己被誇獎，難掩喜悅之情。不僅如此，本來我——不！不只是我，日本人無論是誰大概都這樣——在西洋人面前就沒了主見，沒勇氣明確陳述自己的想法，面對她怪怪卻侃侃而談的自語時，結果我想說的卻都沒說出來。管他的！既然對方是這樣看法，我是我，不足之處我在家裡再補充。內心這麼決定，嘴裡卻說：

「是，確實是這樣子，如您所說的。這樣我也明白了，放心了。」

我做出曖昧的、討好人的笑容，就這樣不清不楚地快快而回。

「讓治桑，哈里遜怎麼說？」

那晚naomi問；她的口氣讓人聽來多麼恃寵而驕。

「她說妳學得很好，西洋人不懂得日本人學生的心理呀！發音很好；說如果也唸得很流暢就可以了，那是大錯特錯。妳的確記憶力很好，因此也善於背誦，可是要妳翻譯卻什麼都不會，不是嗎？那就跟鸚鵡一樣。學再多也沒有用！」

那是我第一次斥責似的說 naomi。我對她把哈里遜小姐當己方，像是說「你看吧！」時還得意地蠢蠢鼻子，我不懂生氣，首先像她這樣子，能否成為「偉大的女性」？我感到非常擔心。縱使把英語當成別的問題，連文法規則都無法理解的頭腦，往後令人擔心。男孩子為什麼在中學學習幾何或代數？主要的並非實用，而是讓思考細密，目的是磨練，不是嗎？即使女孩子，現在倒不一定要有能解析的頭腦。可是，將來婦人就不是那樣子。何況，想成為「不輸給西洋人那樣的」「了不起」女性，不能沒有組織分析的能力，因此讓人擔心。

我多少有點固執，之前只複習大約三十分鐘；從那次之後我每天一定教她日文英譯和文法一小時或一小時半以上。而且，這段時間不允許半玩半學習，常常厲聲斥責。naomi 最缺乏的是理解力，因此，我故意不教她細微部分，只給她一點提示，引導她讓她自己發揮。例如學文法的被動式，馬上向她提出應用問題，我說：

「把這個譯成英文看看！」

「如果剛剛學的妳了解的話，這個問題妳不可能不會。」

之後我就不說話，很有耐心地等到她說出答案。答案即使錯誤我也絕不說是哪裡錯了。

「這是什麼？妳根本還不了解不是嗎？再讀一次文法看看！」

多次退回去。實在是做不出來時：

「naomi將，這麼容易的都做不出來怎麼辦？妳到底幾歲了？……同樣的問題不知改了幾次，還是不懂，妳到底在想什麼呢？哈里遜小姐說妳很聰明，我一點都不覺得。連這個都不會到學校去是劣等生呀！」

我越講越激動聲音變大。於是，naomi脹紅著臉，最後哭出來，也是常有的事。

平常感情很好的兩人，她笑我也笑，未曾爭吵過、沒有這麼和睦的兩人——一到英語時間彼此心情沉重，感覺像要窒息。每天我必定生氣一次，她也非脹紅臉不可，剛才心情還好好的，突然雙方都變得緊張，即使毫無敵意的眼睛也彼此互相瞪著。——其實那時，我忘了是為了讓她變成偉大的最初動機，對她沒志氣感到焦躁，從心裡憎恨起來。對方如果是男的，我氣不過，說不定揍他一拳。雖然沒揍她，忘我之下常怒罵她「笨蛋！」有一次甚至用拳頭輕敲她的額頭。這麼一來，也扭得很，即使知道的也絕不回答，淚流臉頰也像石頭一樣默不哼聲。naomi一旦這麼乖張起來，固執得驚人，始終不認輸，因此最後是我投降，就不了了之。

曾發生過這樣的事。「doing」或「going」現在分詞前面表示「有」的動詞——必需加「to be」，再怎麼教她就是無法理解。現在也還犯「I going」「He making」這樣的錯誤，我發脾氣，連接罵幾句「笨蛋！」詳細說明到嘴巴都痠了。最後，把過去、未來、未來完成、過去完成各種時式的「going」的變化要她寫看看，令人沮喪的是她還是不會。還是寫「He will going」、「I had going」。我不由得動怒，「笨蛋！妳真是大笨蛋！跟妳說過多少次絕不可以說『will going』、『have going』妳還是不懂嗎？不懂的話就練習到懂。今晚一定要會，即使練習一整晚。」

然後用力敲鉛筆，把簿子推回naomi面前，naomi嘴巴閉得緊緊的，臉色發青，眼白上翻一直瞪著我眉宇之間。以為她要做什麼，突然把簿子抓過來撕成碎片，碰地丟到地板上，又以令人害怕的眼神瞪著我的臉。

「妳想幹什麼！」

我瞬間被如猛獸的氣勢壓倒發愣，過了一會才這麼說。

「妳想反抗我嗎？以為學問隨隨便便就行的嗎？說要努力讀書當個偉大的女性的

話，現在怎麼了？撕破簿子是什麼意思？給我道歉，不道歉的話不放過妳！今天就給我搬出這個家！」

然而naomi還是固執地不哼聲，只有在臉發青的嘴邊浮現一種像哭的淺笑。

「好！妳不道歉也行，現在馬上給我從這裡出去！出去！」

我想不這樣的話嚇不了她，突然——站起來把她脫下來的衣服兩、三件很快就揉成圓形用包袱巾包起來，從二樓的房間拿了紙袋來，拿出二張十圓紙鈔，遞給她說：

「哪！naomi，包袱巾裡有內衣褲，拿著它今晚就回淺草。這裡有二十圓。雖然不多，拿去當零用錢。以後再把話說清楚，行李明天就送過去。——naomi將，怎麼了？為什麼不說話！……」

被我這麼說，儘管不服輸，畢竟還是小孩子。對很少動怒的我，naomi有點怕的樣子，很後悔似的頭低低的不敢抬起來。

「妳很固執，而我一旦話說出口，絕不會就算了的！要是認為自己不好就道歉！否則就回去……，選擇哪一邊？趕快決定。是道歉呢？還是回淺草？」

她搖搖頭說：「不要！不要！」

「那是不想回去？」

「嗯！」這次用下顎表示肯定。

「那是說要道歉了？」

「嗯！」

又同樣地點點頭。

「這樣的話我就原諒妳，手貼著道歉！」

naomi不得已兩手貼在桌子——那樣子好像把人當傻瓜似地，心不甘情不願，臉轉向旁行禮。

她以前的個性，就這麼傲慢、任性。或者是我嬌縱她的結果呢？總之，隨著時日的流逝明顯地越來越嚴重。不！其實或許不是越嚴重，而是十五、六歲時當她是小孩子撒嬌輕輕放過，長大之後依然故我，就覺得管不了。以前她再怎麼撒嬌我一罵她會乖乖聽話，這陣子稍微不如意，馬上噘著嘴。如果抽泣還覺得有點可愛，然而，有時我嚴厲斥責眼淚也不掉一滴，像小孩子一樣裝糊塗，或翻白眼好像以我為目標呈一直線瞪著我。

——如果實際有動物電的話，那麼naomi的眼睛會有大量的動物電吧！我常這麼覺得。為什麼？因為她的眼睛炯炯有神，不像是女神，而且還有著深不可測的魅力，要是被她一股勁地瞪著，有時真讓人有不寒而慄的感覺。

7

那時候，我心中失望與愛慕互為矛盾的兩種情緒彼此爭執。自己的選擇錯誤，naomi並非如自己期待的聰明女子——這事實無論我多偏袒的眼光也無法否認，日後她變成了不起的婦人的希望，現在我已覺悟到完全是夢。的確，出身不好的人無競爭力，千束町的女孩適合當咖啡廳的服務生，與身分不合的教育終究一事無成——我深深感到沒法子。但是，我一方面感到沒法子，另一方面越來越被她的肉體強烈的吸引。是的，我特別強調的是『肉體』，怎麼說呢？因為那是她的皮膚、牙齒、嘴唇、頭髮、眼睛，以及其他一切的姿態之美，那裡存在的絕非精神性的任何東西。亦即，她的頭腦背叛了我的期待，肉體方面卻越來越趨於理想，不，比理想還更美麗。「笨笨的女人」、「沒法子的傢伙」越想越被她的美誘惑。這對我而言，其實是不幸的。我逐漸忘記「塑造」她的純粹心，反而被牽引，順序倒過來了，等到察覺到這樣不行時，自己已經無能為力了。

「世間事並非皆能按照自己的意思。自己想從精神與肉體兩方面讓naomi漂亮。精神方面雖然失敗了，但是肉體方面不是很成功嗎？自己完全沒想到她在這方面變得這麼漂亮。這麼看來這邊的成功可彌補其他的失敗而有餘，不是嗎？」

——我勉強這麼想，藉此讓自己的心能夠滿足。

「讓治桑，這陣子英語時間不再罵我笨了哪！」naomi很快就看出我內心的變化。學問方面遲頓，看我臉色方面她的確很敏感。

「講太多妳反而會頂撞，結果不好，所以我改變方針了呀！」

「哼！」

她用鼻尖笑。

「就是嘛！那樣子一直被罵笨蛋，我絕不會聽話哪！我，老實說，大概的問題都考慮到了，故意讓讓治桑為難，裝作不會，讓治桑不知道吧？」

「耶？真的嗎？」

我知道naomi是虛張聲勢，不服輸，故意這麼說，故做驚訝狀。

「當然！那樣的問題沒有人不會的。你真的以為我不會，讓治桑才是大笨蛋。每次讓治桑生氣時，我都覺得可笑到不行呀！」

「真拿妳沒辦法，完全擺了我一道呀！」

「怎麼樣？我比較聰明吧！」

「嗯，很聰明，我比不上naomi將呀！」

讀者諸君呀，我在這裡突然說出奇怪的話，請不要笑我！怎麼說呢？我在中學時候，歷史課時曾上過安東尼奧與克莉奧佩特拉（譯注：埃及女王，Kleopatra）。各位也知道吧！那個安東尼奧在尼羅河上與屋大維軍隊展開船戰，而跟著安東尼奧來的克莉奧佩特拉看到己方形勢不好，突然在中途掉轉船頭逃走。安東尼奧看到這薄情的女王之船捨自己而去，也顧不了存亡危急之際，把戰爭拋在一旁，自己緊追女的之後。——

歷史老師那時對我們說：

「各位！這個叫安東尼奧的男子跟在女的屁股後面跑，喪失了生命，歷史上沒有像他這麼笨的人，確實成了古今無雙的笑談。哎呀！英雄豪傑也落到這種地步……」

他說得很逗趣，學生們看著老師的臉一起哄然大笑，我當然也是大笑中的一人。

重要的是這裡，我當時對安東尼奧這個人那麼迷戀薄情的女人感到不解。不！不只是安東尼奧，在那稍早之前也有如朱立安．凱撒（Julius Caseasar）的豪傑，因克莉奧佩特拉而丟面子。這樣的例子其他還有很多。探討德川時代的內部糾紛，或一國的治亂興廢之跡，一定找得到背後非常厲害的妖婦圈套。而那所謂的圈套，是不是一旦被套上無論是誰很容易上當，是非常陰險，編造得非常巧妙呢？感覺似乎也不是。克莉奧佩特拉不管她是多麼聰明的女性，智慧不會高過凱撒或安東尼奧。縱使不是英雄，對那個女的真心，只要留意應該可以洞察她的話是真是假。不僅如此，如今知道自己處於滅亡之際還被騙，說來也太沒出息了。如果事實是這樣，英雄什麼的或許也沒那麼偉大，我私下這麼認為，歷史老師批評馬克．安東尼奧是「古今無雙的笑話故事」，「歷史上沒有這麼笨的人」，我完全同意。

我現在也會想起那時老師的話，和大家一起哈哈大笑的自己的樣子。而每次想起來，深覺得今天已沒有笑的資格。為什麼呢？因為，是何原因羅馬的英雄會變成笨蛋，被稱為安東尼奧的人為何輕易上了妖婦的圈套呢？那種心情現在我不僅清楚了解，甚至於不禁同情他們。

世人常說「女人欺騙男人」，不過，依我的經驗並非一開始就要「欺騙」。最初男人自己送上門，「被騙」而沾沾自喜。看到喜歡的女人，管她說的是真是假，在男人耳中一切都是可愛的，偶爾她假流淚靠過來——

「哈哈，這傢伙想用這方法欺騙我呀，不過，妳是可笑的傢伙，可愛的傢伙，我完全清楚妳在搞什麼鬼，總之，故意上妳的當。好呀，就儘量欺騙我……」像這樣子男人在心中已做好準備，以有如讓小孩高興的心情，故意上當。因此男人並不想被女人騙，反而想騙女人，心裡這麼想，而笑著呢。

證據在於我和 naomi 也是這樣。

「我比讓治桑聰明呀！」

naomi 說，以為完全騙過我。我把自己裝成笨蛋，裝出被騙的樣子。對我而言，比起揭發她笨拙的謊言，不如讓她感到得意，看到她高興的臉，自己有多高興啊！不僅如此，我還有因此能滿足自己良心的理由。這是縱使 naomi 不是聰明女子，讓她自信是聰明也不壞。日本女人最大的缺點是沒有充分的自信。因此，她們和西洋女人比起來顯得畏縮。近代的美人資格，比起容貌，有才氣煥發的表情與態度更重要。好吧！即使沒到自信的程度，單純的自戀也不錯，因此認為「自己聰明」、「自己是美人」，結果會讓那女人成為美人。——由於我這麼想，所以不僅沒告誡 naomi 自以為聰明的習慣，反而大大鼓勵一番。常甘願被她騙，讓她越來越有自信。

舉一例，我和 naomi 那陣子常下象棋，玩撲克牌，認真玩的話，應該是我贏，但儘可能讓她贏，漸漸地她以為「玩輸贏方面的東西自己強得多」。

「讓治桑，來殺一盤給你看看！」

完全是把我看扁的態度向我挑戰。

「好，就下一盤復仇戰。——要是認真下的話不會輸給妳的，總認為對方是小孩，太大意了——」

「好啊，贏了再說大話吧！」

「好，來吧！這次一定要贏。」

話雖這麼說，我打得更差，還是輸了。

「怎麼樣？讓治桑，輸給小孩不甘心吧？——你已經不行了，怎麼樣都贏不了我啦！嗯，是怎麼了，三十一歲的大男人，輸給十八歲的小孩，讓治桑似乎不知道下法哪！」

接著，她說「比起年紀，更需要頭腦」、「自己感到懊惱也沒用啦」，越來越得意忘形。

「哼！」

像往常以鼻尖做出自大似的嘻嘻笑。

然而，可怕的是之後而來的結果。剛開始我為了討naomi的歡心，至少我自己這麼認為，可是，漸漸地成了習慣，naomi有了強烈的自信，現在我再怎麼認真，事實上卻贏不了她。

人與人之間的勝負並非只依理智而決定，那裡存在著「氣勢」這東西。換句話說是動物電。何況是「賭博」的時候更是如此，naomi一和我決戰，一開始就氣勢強盛，勢如破竹攻打過來，我被她步步壓逼，終至於落後。

「光是玩沒意思，賭一點吧？」

最後naomi完全嘗到甜頭，不賭錢就不玩。因此越賭越大，我輸得越多。naomi儘管連一文錢也沒有，卻十錢、二十錢自己任意決定賭盤，存了不少零用錢。

「啊，要是有三十圓就能買那件衣服了。……再用撲克牌賺吧！」

這麼說著向我挑戰。偶爾她也有輸的時候，這時候她又會利用別的手段，無論如何想要錢時，無論做什麼不贏誓不罷休。

naomi經常使用那一「手」，關鍵的時候大都故意隨便把鬆寬的睡袍之類的東西，披在身上。而且要是形勢不佳時就擺出淫蕩的姿勢，敞開胸口或把腳伸出來，如果這樣還不奏效，就往我的膝蓋靠，撫摸我的臉頰，捏我的嘴角搖一搖，用盡一切的誘惑。我碰到這一「手」就軟下來。尤其是她施展殺手鐗——這不宜寫在這裡——頭腦不知怎地就暈暈的，眼前突然暗下來，輸贏什麼的就搞不清楚了。

「好狡猾呀，naomi將，使出這種手段。」

「那裡狡猾呀，這也是一種手段呀！」

暈暈的，在一切東西看來都朦朧的我的眼中，只模糊看到隨著那聲音滿臉嬌媚的naomi的臉。只有浮現出奇妙笑聲的那張臉……

「好狡猾呀！好狡猾呀，撲克牌可沒有那一手！」

「哼，怎麼會沒有，女人和男人一旦決勝負就會使用各種符咒。我在別的地方看過，小時候姊姊在家裡和男人種花時，我在旁邊看，看到使用各種符咒喲。撲克牌和花是同樣的，不是嗎？……」

我想安東尼奧被克莉奧佩特拉征服，也是這樣子，逐漸失去抵抗力，被攏絡了吧！讓喜歡的女人有自信是好事，但是，結果是自己失去信心。這麼一來不容易戰勝女人的優越感。而料想不到的災禍因此而起。

8

naomi正好十八歲之秋，殘暑還很厲害的九月上旬的某天傍晚。我那天公司沒事提早一小時回到大森的家，沒想到進門的庭院處竟然看到一個陌生的少年和naomi在談話。

少年的年紀跟naomi相同，即使比她大我想也不會超過十九。穿著白底湛藍的單衣，戴著年輕人喜歡的、附有綵帶的麥稈帽子，用手杖敲著自己木屐的前邊聊天。臉有點紅、濃眉、鼻梁不差，滿臉青春痘的男子。naomi蹲在那男的腳下躲在花壇後邊，因此到底是怎樣的姿態看不清楚。從百日草、草夾竹桃、美人蕉的花間，只隱約看到側臉和頭髮。

男的察覺到我，取下帽子點點頭。

「那麼，再見！」頭轉向naomi邊說著快步往門的方向走過來。

「那，再見了！」naomi也接著站起來，男的頭微微向後丟下一句「再見」，走過我面前時手放在帽緣，遮住臉走出去了。

「那個男的是誰?」

我以小小的好奇心問，意思是「剛剛的場面有點奇怪哦!」但並非嫉妒。

「他?他是我的朋友，叫濱田……」

「什麼時候的朋友?」

「很早了呀——他也是跟伊皿子學聲樂的。臉上滿是青春痘，有點髒髒的，不過唱起歌來，很棒喲!是優秀的男中音。上一次音樂會和我一起四重唱。」

由於不說也沒關係，卻故意說他的臉不好看，我突然起疑心，看她的眼睛，平常naomi的舉止沉著，跟平常沒有異樣之處。

「偶爾來玩嗎?」

「不!今天是第一次，說是來到附近順道過來的。——這次想成立社交舞俱樂部，要我一定要加入。」

我多少有點不愉快是事實，不過聽她說之後，覺得那少年完全為那件事而來，似乎不是謊言。第一他和naomi在我快回來的時刻在院子裡談話，充分洗刷我的疑惑。

「那妳答應參加嗎?」

「我回答他考慮看看……」

她突然發出撒嬌聲。

「那，不可以參加嗎？讓我參加嘛！讓治桑也加入俱樂部，一起學不就得了嗎？」

「我也可以加入俱樂部？」

「是，誰都可以加入呀，是伊皿子的杉崎老師認識的俄國人教的喲。說是西伯利亞逃來的，身上沒錢正愁著，為了幫她才成立俱樂部。所以學生越多越好。——好嘛！讓我參加吧！」

「妳可以，我學得會嗎？」

「沒問題的，很快就會的呀。」

「可是，我沒有音樂的素養。」

「音樂，跳了自然就會呀……哪，讓治桑也一定要學。我一個人也不能跳嘛，好呀，有時我們兩人就一起去跳舞好了。每天在家裡玩也不會覺得無聊呀！」

——naomi這時候，似乎對目前為止的生活感到無聊，我隱約也了解。算一算，我們到大森築巢，前後也四年了。這期間，我們除了暑假之外，都關在這「童話的家」，與廣闊的社交斷絕了，經常只有兩人妳看我我看妳，再怎麼玩遍各種「遊戲」，終於有了無聊的感覺也是很正常的。何況，naomi很容易喜新厭舊，不管什麼遊戲，開始時候一頭栽下去，但是絕不長久。因此，如果不做什麼，即使一小時也靜不下來，要是撲克牌沒興趣，下棋也沒興趣，模倣明星也沒興趣，沒辦法就到暫時被遺忘的花壇捻花，翻翻土，播種子，或澆水，這也只是排遣一時的無聊而已。

「唉！好無聊，沒什麼好玩的嗎？」

看到她扔下彎著身子在沙發上看的小說，大大地打了個哈欠，我內心裡也記掛著有沒有可以改變兩人這種單調生活的方法呢！在這關鍵時刻，學跳舞也的確不錯。naomi已經不是三年前的naomi了。跟去鎌倉時完全不同，她盛裝打扮出席社交界，恐怕在許多婦人之前也不會自慚形穢。——這麼想像讓我感到說不出的驕傲。

前面也說過，我從學校時代開始就沒有特別要好的朋友，以往過著儘可能避免無意義的交往的日子，不過，我絕非討厭進出社交圈。我是鄉下人，不善於言辭，與人應對不會耍花招，因此畏縮不前，但反而更憧憬繁華的社會。本來我想娶naomi為妻希望她是美麗的夫人，每天可以帶到各地方，讓世人品頭論足一番，在社交場合希望被稱讚「你太太好時髦、好漂亮……」這樣的野心產生大作用！因此，我無意一直把她關在「鳥籠」裡。

naomi說，那個俄國人的舞蹈教師名叫阿列基山特拉·修列姆斯卡亞，是某伯爵夫人。聽說丈夫因為鬧革命而行蹤不明，還有兩個小孩，然而現在也不知流落何方，最後隻身流浪到日本，生活極為困窮，終於當起舞蹈老師。naomi的音樂老師杉崎春枝女士幫夫人籌組俱樂部，幹事是叫濱田的慶應義塾的學生。

練習場地是位在三田的聖坂，叫吉村的西洋樂器店的二樓，夫人每星期一、星期五出差二次，會員從午後四時到七時，選擇自己方便的時間，一次教一小時，會費一個月一人二十圓，規定每月初繳交。要是我和naomi兩個人去，每月花費四十圓，儘管對方是西洋人，也覺得有點冤大頭，但是，依naomi的說法，舞蹈跟日本舞一樣，總之是奢侈的東西，這樣的收費是合理的。而且，即使不那麼練習，靈巧的人一個月，一般人三個月也學得會，所以雖說收費高大家都可以接受。

「第一，要是不幫修列姆斯卡亞，覺得她好可憐。以前貴為伯爵夫人，竟然淪落到這種地步，真的是很悲哀，不是嗎?聽濱田說，她舞跳得很好，不只是社交舞，要是有人要學也可以教stage dance。就舞蹈而言，藝人的舞蹈低級、不行啦，讓她那樣的人教是最好的。」

因這緣故我和naomi總之入了會，每星期一和五，naomi學音樂結束，我從公司下了班，馬上在六點半之前趕到聖坂的樂器店。第一天，下午五時naomi在田町的火車站等我，然後再一起去；那樂器店在斜坡的中途，是店面狹窄的小店。進入裡面，鋼琴、風琴、留聲機等等各種樂器並列在狹小的場所，二樓似乎已開始跳舞，只聽到喧鬧的腳步聲和留聲機的聲音。就在樓梯口的地方，五、六人像是慶應的學生喧鬧著，直瞪著我和naomi看，讓人感覺不舒服。

「naomi將！」

那時有人大聲親切地喊她。我一看是學生中的一人，把扁平、像日本月琴形狀的樂器，叫曼陀林吧，挾在腋下，配合調子撥弄鋼弦。

「你好！」naomi也以書生、而不是女人的口吻回應，「麻將（譯注：音chan）怎麼樣，你要不要跳舞？」

「我會呀！」

叫麻將的男子，笑嘻嘻把曼陀林放在架子上，說：

「那樣的事不要找我。第一、學費每個月二十圓，像是冤大頭！」

「可是，剛開始學這是沒辦法的呀！」

「哪裡，很快大家都會的，再找他們來教就行了。跳舞嘛，這樣就夠了，怎麼樣，我的要領不錯吧！」

「麻將好狡猾！你要領太好了！——好了，『濱桑』是在二樓？」

「是的，去看看吧！」

這家樂器店似乎是這附近學生們逗留的地方，看來naomi也有時來這裡！店員對她也都熟。

「naomi將，剛剛在下邊的學生是做什麼的？」

我跟在她後邊爬上樓梯，邊問她。

「那些是曼陀林俱樂部的人，講話粗魯，但不是壞人。」

「大家都是妳的朋友嗎？」

「談不上是朋友，不過，有時候來這裡買東西會碰到他們，這樣就認識了。」

「那些人也跳舞嗎？」

「耶，大概不是吧！大部分是比學生年紀大的人吧？現在去看了就知道。」

上了二樓，走廊的開頭就是練習場地，映入我眼中的是五、六個人影嘴裡喊「一、二、三」腳踩著拍子。把日本式客廳打通兩間，鋪上穿著鞋子也能進來的木板，可能是為了光滑吧，叫濱田的男子四處小跑步把細粉撒在地板上。白天還很長的炎熱時分，夕陽從紙拉窗完全打開的西側窗戶照進來，背部沐浴著淡紅的陽光，穿著白色薄縐紗的上衣，深藍嗶嘰的裙子，站在房間和房間隔間的地方，不用說是休列姆斯卡亞夫人。從已經有兩個小孩來猜測，她的實際年齡大概三十五、六吧？看來卻像是三十左右，有著貴族出身似的、臉形威嚴的婦人——那威嚴帶有多少讓人感到悲傷的蒼白，不過，看到堅毅的表情，瀟灑的服裝，胸前、手指上閃閃發光的寶石，無法讓人相信她是生活有困難的人。

夫人單手持教鞭，嚴肅似地雙眉擠在一起，瞪著正練習的人的腳，以安詳、命令似的態度重複著。「one、two、three」——俄國人的英語，把「three」發成「tree」的音。練習生排成列依她的口令，踩著不熟練的步伐，來來去去，像女軍官訓練軍隊，想起曾在淺草的金龍館看過的「女兵出征」。練習生當中的三人，似乎不是學生，穿著西裝的年輕男子，其餘兩人大概是女學校剛畢業，哪裡的千金小姐吧！打扮樸素，穿著褲裙和男生一起認真地練習，看來是很正經的小姐，沒有不好的感覺。只要有一人腳步錯了，夫人馬上厲聲說，

「NO！」

到旁邊來示範。要是學得不好常犯錯，大叫：

「No good！」

用鞭子「咻」地抽地板，或不留情男女不分抽那個人的腳。

「她教得很認真，不那樣子不行哪！」

「實在是，修列姆斯卡亞老師真的很認真。日本人老師就是做不到，西洋人即使是婦人，這種地方就是一板一眼，感覺很好呀，而且，上課時間無論是一小時或二小時，都不休息一下繼續練習，天氣這麼熱，實在受不了，要給她冰淇淋，她說上課時間什麼也不要，絕對不吃東西。」

「這樣子不累嗎？」

「西洋人身體好，跟我們不一樣。——不過，想想好可憐！本來是伯爵的太太，過著舒適的日子，由於革命淪落到必須做這樣子的事。——」

兩個婦人坐在當會客室的隔壁房間，流覽練習場的情形，佩服似地這麼談論。一個是二十五、六歲，嘴唇薄而大，有著中國金魚感的圓臉凸眼的婦人，頭髮沒分邊，從額頭的髮際到頭頂有如刺蝟的臀部逐漸高起膨脹，成束的地方插著很大的白鱉甲髮簪，繫著埃及模樣的塩瀨的圓形腰帶，帶上有翡翠的帶釦，同情修列姆斯卡亞夫人的境遇，頻頻誇她的就是這個婦人，跟她唱和的另一個婦人，由於流汗，濃妝的白粉都掉了，從有些地方露出來的小皺紋，粗糙的皮膚來看，大概近四十歲吧！是天生的褐色頭髮？梳成一束，極為茂密，瘦而修長的體型，打扮得入時，不過，有點像護士出身的那種臉形的女性。

而圍著這些婦人當中，有人謙恭地等待輪到自己上場，也有已經課程完畢，手腕交叉，在練習場角落來回跳著的人。幹事的濱田由於是夫人的代理，或者他自己這麼認為，有時和那些人跳舞，或者更換留聲機的唱片，一個人滿場飛，很活躍。我心想來學跳舞的男人跟女人不同，究竟是什麼樣的社會人士？奇怪的是穿著時髦的只有濱田，其餘的大概是薪水低，穿著土土的深藍色三件組合衣服，動作看來笨拙的居多。年紀似乎都比我小，超過三十歲的紳士只有一人。那個男的穿著晨禮服，戴著金邊厚鏡片的眼鏡，蓄著不合時的怪八字鬍，似乎悟性最差，好多次被夫人大聲斥責「No good！」，被鞭子抽打。每次他都傻笑，再「one、two、three」從頭做起。

那個男子，年紀老大不小究竟是安什麼心學跳舞呢？不！想想自己不也和那個男的一樣嗎？即使不是這樣，從未在引人注目的場所露臉的我，想到在這些婦人眼前，被那個西洋人大聲斥責的剎那，再怎麼說是陪naomi來的，不知怎的，看著看著冷汗直流，覺得輪到自己是恐怖的。

「嗨！歡迎您來！」

濱田跳了兩、三回，用手帕邊擦拭滿是青春痘的額頭的汗水，走到旁邊來。

「上一次失禮了！」

今天有點得意似的，向我打招呼，轉向naomi：

「天氣這麼熱能來太好了，——你，要是帶了扇子來，借我一下！當助教也不是輕鬆的差事呀！」

「濱桑跳得很好呀！夠資格當助教的。從什麼時候開始學的？」

「我嘛？我學了半年了。不過，你們比較靈巧，馬上就會，跳舞是男的主導，女的只要跟著就行了。」

「這裡的男士大多是怎麼樣的人呢？」我這麼問。

「是，這個嘛，」

濱田的用語變得客氣：

「這裡的人，以東洋石油股份公司的職員居多。杉崎先生的親戚是公司的高級幹部，聽說是他介紹的。」

東洋石油的公司職員與社交舞！——心想是很奇妙的組合，我又問道：

「那，坐在那裡留著鬍子的紳士也是公司職員嗎？」

「不！他不是，那位是醫師。」

「醫師？」

「是的，還是擔任該公司的衛生顧問的醫師。說沒有比舞蹈對身體更好的運動，他是為此而來的。」

「濱桑，真的？」naomi插嘴，「跳舞是那麼好的運動？」

「是呀！即使冬天跳舞也會流很多汗，連襯衫都濕淋淋的，就運動而言的確很好。加上修列姆斯卡亞夫人那樣的練習是很劇烈的。」

「那個夫人懂日語嗎？」

我會這麼問，其實從剛剛就擔心了。

「不！日語幾乎都不懂。大概都說英語。」

「英語啊！……說的方面，我不擅長……」

「哪裡，大家都一樣，連修列姆斯卡亞夫人英語也非常破，比我們還嚴重，所以不必擔心。而且，學跳舞，不必說。一、二、三之後靠身體的動作就懂了。……」

「哦，naomi桑，妳什麼時候來了？」

那時，跟她打招呼的是插著白色龜甲髮簪的像支那金魚的婦人。

「啊，老師，杉崎老師請等一下。」

naomi說著，拉著我的手，往那婦人坐著的沙發那邊走。

「老師，我向妳介紹一下，這位是河合讓治——」

「哦。——」

杉崎女士因為naomi臉紅，不用問就知道意思，站起來點點頭：

「——初次見面，我是杉崎。歡迎你來。——naomi桑，把那張椅子搬過去。」

然後轉向我：

「請坐。很快就輪到了！不過一直站著等，很累吧！」

「……」

我不記得怎麼回答，大概是口中唸唸有詞而已吧！這個遣詞用字客氣的婦人團，對我來說這是最棘手的。不僅如此，我與naomi的關係要怎麼跟女士解釋呢？naomi關於這個暗示到什麼程度呢？結果我疏忽忘了問，就更讓人慌張。

「我跟您介紹，」

女士對我的忸忸怩怩並不在意，指著鬈髮的婦人說：

「這一位是詹姆斯．布朗太太。——這位是大井町電氣公司的河合讓治先生——」

那麼這位女性是外國人的老婆了?這麼說來，比起護士更像是洋妾典型，我更是拘泥，只有點點頭。

「對不起!您要學跳舞，是First time嗎?」

那個鬈髮的馬上抓住我，就這樣子聊起來了，說到「First time」的地方，發音裝模作樣，說得很快。

「耶?」

我張口結舌，

「是第一次嗎?」

杉崎女士從旁接過話。

「是這樣子吧?怎麼說呢?gentleman比lady more more difficult，開始的話馬上就……」

我聽不懂「莫——莫——」問了之後才知道是「more more」一切都這種發音法，話中夾雜英語。而且日本話的腔調也是怪怪的，三句中有一句「是什麼呢?」，口若懸河，滔滔不絕。

之後話題再回到修列姆斯卡亞夫人身上，談舞蹈，語言，音樂……貝多芬的奏鳴曲、第三交響曲、××公司的唱片比××公司的唱片好或不好，我很沮喪默默不語，於是轉而以女士為對象又嘰哩呱啦地講，從語氣上推測，這個布朗夫人應是杉崎女士的鋼琴學生吧！而像這種場合，我沒辦法應付，逮不到時機說「我失禮一下！」抽不了身，因此夾在這饒舌的婦人之間大嘆幸運不佳，也只能奉陪到底。

終於，以留鬍子的醫師為始，石油公司一票人的練習結束，女士把我和 **naomi**，帶到修列姆斯卡亞夫人之前，先是 **naomi**，其次是我——這可能是依照女士優先的西洋式做法吧？——以極為流暢的英語引見。那時，女士似乎是叫 **naomi**「**miss kawai**」。我心裡對 **naomi** 會以什麼態度和西洋人應對深感興趣；然而，平常自戀強的她，在夫人面前也有一點失常，夫人說了一、二句話，具威嚴的眼角含著笑意伸出手來，**naomi** 滿面通紅，什麼也沒說悄悄地握手。輪到我更慘，老實說，沒辦法正視那像蒼白像雕刻的輪廓。低著頭默默地，只輕輕地回握從細顆鑽石發出無數亮光的夫人的手。

9

儘管自己是粗俗之人，但以興趣而言喜好時髦、什麼事都模倣西洋，我想讀者應該知道的。如果我有足夠的金錢，可以隨意行事的話，我或許會到西洋，在那裡生活，娶西洋女人為妻也說不定，然而，境遇不允許，因此，我在日本人之中娶有西洋人味道的naomi為妻。另外還有一個原因，即使我有錢，但對男性條件沒有信心。我是身高是五尺二寸的矮個子，皮膚黑、齒列不整，要娶身材高大的西洋人為妻，就太不自量力了。還是日本人娶日本人較好，像naomi是最適合自己條件的，這麼想的結果，我滿意了。

不過，話雖這麼說，能夠接近白色人種的婦人對我而言是一種喜悅——不！是喜悅之上的光榮。老實說，我拙於交際，外語能力不足，即使費盡心力，那樣的機會一輩子都不會有，偶爾欣賞外國人表演的歌劇，認識電影女明星的臉，對他們的美像夢一樣少許思慕。然而不意學習跳舞，創造了接近西洋女人——而且還是伯爵夫人——的機會。哈里遜小姐另當別論，我有與西洋婦人握手的「光榮」，那是有生以來第一次。修列姆斯卡亞夫人那「白色的手」向我伸出時，我不自覺地心怦怦跳，甚至於猶豫了一下是否可以握手?

naomi的手，柔軟有光澤，手指細長，當然並非不優雅。然而，那「白手」不像naomi那樣過於纖細，手掌厚實有肉，手指也很長，沒有柔弱細薄的感覺，「粗」但是同時也「美」的手。——我的印象是這樣子。戴在手上像寶石一樣閃閃發光的大戒指，如果戴在日本人手上會覺得不好看，可是，在她手上卻讓手指看來纖細，氣質高雅，增添豪華感。而跟naomi最大的不同是，她的皮膚異常得白。白色肌膚下淡紫色的血管，讓人聯想到大理石的斑紋，有點透明的豔麗。我到目前為止把玩naomi的手，常誇獎她：

「妳的手實在很美，有如西洋人的手那麼白！」

這麼看來，可惜的是還是不一樣。naomi的手雖然也很白，但缺乏光澤，不！一旦看過這隻手之後，其他的手都會覺得黑黑的。另外還有一樣吸引我的注意的是指甲，十根手指頭，就像同樣的貝殼排列在一起，每一根都有鮮豔的小指甲，不僅僅發出櫻桃色光澤，大概也是西洋流行的吧！指甲前端都磨成三角形尖尖的。

naomi和我站在一起如前述大概比我矮一寸，而夫人以西洋人而言看來是小個子，但還是比我高，穿著高高的高跟鞋，一起跳舞時我的頭常碰觸到她裸露的胸部。夫人開始時說：

「Walk with me！」

手繞到我背部教我one step的步法時，我是多麼擔心黑皮膚的我的臉會碰到她的肌膚，那光滑清晰的皮膚，對我而言遠觀即已足夠，連握手都覺得褻瀆，不過，隔著柔軟的羅衣被她抱在胸前，讓我不可以自處，一直擔心自己的呼吸臭不臭？黏黏、油油的手會不會讓她覺得不舒服，偶爾她的一根頭髮掉下來，我也會打寒顫。

不僅如此，夫人的身體有一種甜甜的香味。

「那個女的腋下好臭，臭死了！」

我後來曾聽曼陀林俱樂部的學生們說那樣的壞話，而且聽說西洋人有腋臭的多，夫人大概也是這樣吧！為了袪除臭味，經常留意灑香水，而我對香水和腋臭混合的甜甜酸酸的味道，不只是不討厭，還是無可言喻的誘惑。讓我想起從未見過的海的彼方的國家，世上奇妙的異國花園。

「啊，這是從夫人白色身體散發出來的香氣嗎？」

像我這麼掃興，最不適合出現在跳舞等歡樂氣氛的男子，雖說是為了naomi，後來為什麼不厭煩，上了一個月、兩個月都不中斷呢？——我坦白招來，那是因為修列姆斯卡亞夫人。每個星期一和星期五午後，被夫人抱在胸前跳舞。只是短短的一小時，不知何時成了我最大的樂趣。我站在夫人面前，完全忘了naomi的存在。那一小時有如香郁的烈酒，讓我不能不醉。

「讓治桑意外地很熱心，我還以為很快就沒興趣了呢！」

「怎麼說呢？」

「你不是說我哪會跳舞啊！」

因此，每次談到這件事，我總覺得對不起naomi。

「我以為自己做不來，跳了之後滿愉快的。而且如醫師口頭禪，跳舞是很好的健康運動。」

「你看嘛，所以什麼都不要想，就做看看！」

naomi沒有察覺到我內心的祕密，這麼說著笑了。

大概學了不少，應該不錯了，第一次我們到銀座的黃金咖啡廳是那年冬天。那時候，東京的舞廳還沒那麼多，除了帝國飯店、花月園之後，那家咖啡廳也是那時才開張不久的吧！飯店或花月園以外國人為主，聽說對服裝、禮儀很囉嗦，所以剛入門時去黃金咖啡廳比較好。本來naomi不知道從哪裡聽來的，就提議「無論如何去看看！」我還沒有在公開場所跳舞的膽量。

「讓治桑，這樣不行！」

naomi瞪著我。

「說這麼沒志氣的話是不行的呀！跳舞這件事，光是學，再怎麼樣都不會進步，到人群之中厚著臉皮跳就會變得高竿。」

「應該是這樣子，可是，我就是缺少厚臉皮……」

「好！那我一個人去。……邀濱桑、麻將去跳。」

「麻將，是上次在曼陀林俱樂部的男生？」

「是的，他呀，從來沒學過，厚著臉皮到處跳，最近跳得很好。比讓治桑還好。所以啊，不厚著臉不行的。……好嘛，去吧！我陪讓治桑跳。……拜託一起來吧！好孩子，乖！讓治桑是好孩子！」

於是決定前去，接下來又針對「穿什麼去呢？」開始長談。

「讓治桑，等等，哪一件好？」

她從要去的四、五天前就不安寧，把所有的東西搬出來，一一拿在手上看。

「那件較好吧！」到後來我覺得麻煩就隨便敷衍一下。

「真的嗎？不奇怪嗎？」她在鏡子前面團團轉，「奇怪呀，人家不喜歡這件嘛！」馬上脫下來，像紙屑一樣用腳踩皺後踢開，然後又抓出下一件。這件不喜歡，那件也不喜歡，結果是：

「哪！讓治桑，買新的嘛！」

「去跳舞就是要穿得漂漂亮亮的，這樣的衣服不吸引人呀！好嘛，去買吧！反正以後有時候會出去，沒有衣服是不行的呀！」

那時候，我每個月的收入趕不上她的奢華。本來我在金錢上是相當計較的人，單身時期限定每個月的零用錢，剩下的即使是小數目也存下來，跟 naomi 買了房子那時相當寬裕。而且，我雖然溺愛 naomi，公司的工作絕不偷懶，依然是勤奮工作的模範員工，逐漸受到高級幹部的信任，月薪也調高，加上一年兩次的獎金，平均每個月四百圓，因此如果是過一般生活，兩人是很寬裕的，然而，卻無論如何都不夠。具體而言，首先是每個月的生活費，再怎麼保守估計兩百五十圓以上，有時需要三百圓。其中，房租三十五圓——本來是二十圓，四年之間漲了十五圓。——再扣掉瓦斯費、電費、自來水費、薪炭費、洗衣費等雜費，剩下兩百圓左右到兩百三十圓，都用到什麼地方呢？大部分是飲食。

這也是理所當然的，小孩時代單是一客牛排就滿足的 naomi，不知什麼時候嘴越來越刁，一日三餐，每餐都說「想吃什麼」、「要吃那個」與年齡不相符的奢侈。而且，連自己買材料，自己做都說太麻煩，不喜歡，因此，常向附近的料理店叫東西。

「啊！有什麼好吃的呢？」

一覺得無聊，naomi的口頭禪一定是這樣。而且以前只喜歡西餐，這陣子也不盡然，三次當中有一次會任性地說「想吃××屋的蒸物」或「想叫那裡的生魚片」。

中午我在公司，naomi一個人吃，反而這時候奢侈得厲害。傍晚，從公司回來，我常看到廚房的角落擺著外送的餐盒，西餐廳的容器。

「naomi將，妳又叫了什麼！像妳這樣子老是叫外送很花錢，受不了！第一、一個女人也學什麼外送，自己想想會不會太浪費了！」

被我這麼說，naomi還是無所謂。

「因為一個人，我才叫的呀！做菜很麻煩！」

故意鬧情緒，趴在沙發上。

這副德性讓人受不了。如果只有菜倒還好，有時連飯都懶得煮，結果連飯都叫外送。到了月底，雞肉店、牛肉店、日本料理店、西餐廳、壽司店、鰻魚店、麵包店、水果行等，各方送來的請款單的總數，多到讓人驚訝，竟然這麼會吃。

食物之外最多的是西式洗衣費。這是因為naomi將連一隻足袋自己也不洗，髒了的東西全部送到洗衣店。偶爾罵一下她，說第二句時就頂嘴：

「我又不是女傭！」

「常洗衣服手指會變粗，不就不能彈鋼琴了嗎？讓治桑怎麼說我？不是說我是你的寶貝嗎？既然這樣，手變粗了怎麼辦？」

最初naomi會做家事，廚房的工作也會做，大概只持續了一年或半年。髒衣服還好，最受不了的是家裡日益雜亂，不乾淨。脫下的衣物亂扔，吃過的東西也亂放，用過的小碟子、用過的碗、杯子、有污垢的內衣、浴衣，隨意四處亂扔。地板不用說，椅子、桌子沒有一樣不積滿塵埃，好不容易才找到的印花布窗簾早就不見昔日影子，變成褐色，像「鳥籠」有童話氣氛的家，完全走調，一進入屋子，一股特別的味道刺鼻而來。

我對這情形啞口無言。

「好了，好了，我來打掃，妳到庭院去吧！」

也嘗試過刷刷掃掃，然而，不僅越掃垃圾越多，實在過於零亂，想整理也無從整理。

沒辦法，也請過兩、三次女傭，但來的女傭大家都受不了不來了，沒有人能待到五天的。第一，當初沒有這樣的打算，女傭來了也沒地方睡。來了之後我們就不能毫無顧忌的調情，稍微兩人開玩笑一下也覺得沒意思。naomi一旦人手增加，更是無法無天，豎的東西也不把它擺正，一一頤指女傭去做。依然，到××屋訂××回來！只比以前更方便，更為奢侈，結果，女傭變成非常不經濟，對我們的「遊戲」生活是困擾，對方覺得尷尬，而這邊也不希望她再待下去。

因此，每個月的生活費需要這麼多，想從剩下的百圓或一百五十圓每月存個十圓或二十圓，然而，由於naomi用錢用得凶，就沒有餘錢可存。她每個月一定做一件衣服。管他薄毛呢或銘仙綢裡外都買，而且也不自己縫製，請人做，五十圓或六十圓就沒有了。縫好的衣服要是不喜歡就塞在櫃子裡穿也不穿，要是中意的話就穿到膝蓋破掉。因此她的櫃子裡，塞得滿滿的舊衣服。除外，還有木屐方面也奢侈。草履、駒下駄（譯注：低齒木屐）、足駄（譯注：雨天穿的高齒木屐）、日和下駄（譯注：晴天穿的矮木屐），出外穿的木屐，平常穿的木屐——這些木屐從一雙七、八圓到二、三十圓，大約十天就買一次，累積下來也不少。

「既然不喜歡穿木屐，穿靴子不就行了嗎？」

我雖然這麼說，喜歡像從前的女學生穿褲裙、穿靴子，這陣子連去學跳舞都穿便裝，裝模作樣才出門。

「我即使這樣看來也像江戶人，打扮可以隨便，腳穿的東西不能馬虎！」

竟然把我當成鄉下人看待。

零用錢方面，音樂會、電車車費、教科書、雜誌、小說，不到三天一定會要個三圓、五圓。此外，學英語和音樂的學費二十五圓，這是每個月固定的非付不可，四百圓的收入不易應付這些開銷，不要說存錢什麼的，還得從存款簿裡提款，單身時代存的一些錢就這樣一點一滴地花掉了。而且，金錢這種東西一旦動用，就花得很快，這三、四年間把積蓄都花光了，現在連一毛錢也沒有。

糟糕的是像我這樣的男子經常不擅於借貸，因此帳不一一付清就渾身不自在，所以到了月底有說不出的痛苦。即使我責罵她「這樣用錢不就撐不到月底了嗎？」

「撐不過，就請他們等等呀！」「——三、四年都住在同一個地方，月底的帳不能拖延，沒這種道理呀！說明半年一定結帳，不管哪裡都會等的哪！讓治桑膽子小，死腦筋不行的呀！」

她自己想買的東西一切都用現金，每個月固定付的就說延到領獎金時還，說來說去還是討厭借貸：

「我討厭說那種事，那是男人的工作，不是嗎？」

到了月底就不知飄到哪裡去了。

因此，我可以說把自己的收入完全獻給naomi。讓她打扮得更漂亮、不會感到拮据、不方便，讓她自由成長——由於這本來就是我的計劃，所以雖然嘴裡抱怨，卻允許她的奢侈。這麼一來其他方面就不得不縮減，幸好我自己完全不需要交際費，而且，偶爾公司有聚會時，即使不合情理我也能閃就閃。此外，自己的零用錢、治裝費、便當費等，狠下心來縮減。每天搭的省線電車，naomi買的是二等的定期票，我買的是三等。naomi討厭煮飯，外叫便當，較貴，我自己煮飯，也做菜。可是，這麼一來，又惹naomi的不高興，說：

「男人不要在廚房做菜，實在很難看呀！」

「讓治桑，哎呀，不要一年到頭都穿同樣的衣服，要稍微打扮一下，我不喜歡只有自己打扮漂亮，讓治桑那樣子。這樣的話我不要跟你走在一起喲！」

要是不能跟她走在一起就毫無樂趣，所以我非得準備一套所謂的「漂亮的衣服」。而且，跟她外出時電車也不能不搭二等的。也就是不能傷害到她的虛榮心，結果光是她一個人奢侈還不行。

基於上述情形，本來已經捉襟見肘，這陣子修列姆斯卡亞夫人那邊又要繳四十圓，而且還要購買舞衣，真是一籌莫展。即使這樣，naomi還不明事理，接近月底時如果我口袋裡還有現金，還要跟我拿。

「我要是把這些錢再給妳，馬上三十一日就會出問題，妳不知道嗎？」

「有問題，總有辦法解決吧！」

「有辦法？什麼辦法？什麼辦法也沒有呀！」

「那為什麼要學跳舞呢？——好啊，既然這樣，從明天起就哪裡都不要去！」

她這麼說，大大的眼睛充滿淚水，怨恨似的瞪著我，什麼也不說。

「naomi將，妳生氣了？……哪！naomi轉過來一下！」

那一夜，我上床之後，她背對著我，我搖她的肩膀說。

「naomi將，轉過來一下嘛……」

我手溫柔地放在她身上，像翻轉魚身，朝我這邊轉過來，她毫無抵抗的，柔軟的身體，微微半閉的眼睛，轉向我這邊。

「怎麼？還生氣啊！」

「……」

「好了！好了！……不要生氣了，我來想辦法……」

「……」

「喂！張開眼睛呀！眼睛……」

她的睫毛顫動，眼瞼的肉往上吊，像貝從貝殼裡面偷瞄一樣，驀地張開了眼睛，正面看著我的臉。

「就用那些錢買給妳，可以吧……」

「可是，這樣不為難嗎？……」

「為難也沒關係，我會想辦法。」

「那怎麼辦呢？」

「向老家說，請他們匯款呀！」

「會匯給我們嗎？」

「會的。我到現在為止從沒有給老家添麻煩，而且兩人要維持一個家很多東西需要添購，媽媽一定能夠了解的。……」

「真的？對媽媽不會不好意思？」

naomi的口氣是擔心的，其實她心裡早就有「向鄉下要不就行了嗎？」的念頭，我也隱約看得出來。我說出來正中她的下懷。

「不會！又不是做什麼壞事呀！只是我個人的主意不喜歡這樣才沒做的呀！」

「那為什麼改變主意呢？」

「看到妳剛才哭，好可憐才改變的！」

「真的？」

naomi說，像波浪湧過來般胸部起伏，浮現害羞似的微笑。

「我真的哭了？」

「不是說我哪裡都不去了，眼眶裡都是淚水嗎？無論到什麼時候妳就是撒嬌的孩子，是大貝比……」

「我的爸爸將，可愛的爸爸將！」

naomi突然纏住我的脖子，嘴唇的朱印就像郵局人員蓋章一樣，在我的額頭、鼻子、眼瞼上、耳朵內部、我臉上所有部分，毫不留空隙「吧！吧！」地猛蓋。這動作讓我感覺像茶花什麼的、重重的、濕漉漉、軟綿綿的無數花瓣落下來的感覺，也讓我感到在那花瓣的香味之中，我的臉完全埋入其中的夢境感覺。

「naomi將，怎麼了？妳像瘋了？」

「是呀！瘋了，……今夜讓治桑可愛到讓我發瘋了。……不喜歡這樣嗎？」

「哪有不喜歡的？我很高興呀！高興得快瘋了呀！為了妳再怎麼犧牲都沒關係。

……哦，怎麼了？又哭了？」

「謝謝，爸爸桑！人家感謝爸爸桑嘛！所以眼淚自己就跑出來。……懂了嗎？不能哭？不能哭就幫人家擦擦嘛！」

naomi從懷裡拿出紙，自己不擦，把紙塞到我手中，眼睛一直注視著我，我幫她擦之前，更多眼淚流出來，連睫毛邊緣都沾上了。啊！是多麼濕潤、美麗的眼睛啊！我心想這麼漂亮的眼淚能不能讓它就此結晶保存下來呢？我最先擦她臉頰，為了避免碰觸到那圓滾滾的眼淚擦她眼窩四周，每次臉皮鬆緊之際，淚珠子變成各種形狀，像凸鏡、像凹鏡，最後溢出來了，擦過的臉頰上又拖曳著光線流下來。於是，我又再擦一次她的臉頰，撫摸還有些濕潤的眼球，然後用那張紙掩住她還小聲嗚咽的鼻孔：

「擤鼻涕吧！」

我說；她「啾——」地擤了幾次鼻涕。

第二天，naomi向我要了兩百圓一個人到三越；公司午休時，我寫信給母親要錢。

「……這陣子物價高漲，比兩、三年前高得嚇人，儘管節儉過日，每個月入不敷出，在都市生活相當不容易……」

我記得是這麼寫的；對母親撒這麼高明的謊言，對自己變得這麼大膽，連自己都覺得可怕。母親不但相信我，對兒子珍視的新娘 naomi 也關愛有加，從兩、三天之後送到手邊的回信可以明白。信中寫道：「也買衣服送 naomi！」比我要的還多寄了百餘圓的匯票。

10

黃金咖啡廳的舞會是星期六晚上。說是從午後七點半開始，我五點左右從公司回來，naomi 已經洗好澡打赤膊，忙著做臉。

「啊，讓治桑，做好了耶！」

從鏡中看到我馬上說，一隻手伸到後面，我依她所指看到向三越訂製緊急縫製的和服和腰帶從包包拿出，長長擺在沙發上。和服是摻了棉的情侶裝的夾衣，叫什麼金紗絲綢吧，帶黑色像是朱色的底，有花黃、葉綠，散布四處的圖樣，腰帶是用銀絲縫製的，兩、三條波浪起伏，漂蕩著幾艘舊式船隻。

「怎麼樣？我挑得不錯吧？」

naomi 兩手抹白粉，在剛洗過澡熱氣上升、肌肉均勻的肩膀到頸子，用手掌從左右拚命劈里啪啦地猛敲邊說著。

老實說，她的體型肩膀寬厚，臀部大、胸圍突出，像水般柔軟的質料並不適合。穿絲綢或銘仙綢，像混血兒的女孩，有一種異國之美，但不可思議的穿這麼正式的衣服，她反而看來粗俗，樣子雖然鮮豔，只給人橫濱一帶小酒館或什麼的女人那種粗俗的感覺，我看她自己得意洋洋，沒有強烈反對；不過，和一身鮮豔打扮的女孩一起搭電車，出現在舞廳，我會感到不自在。

naomi穿好衣裳：

「讓治桑，你要穿上藍色衣裝嘛！」

少見的還拿出我的衣服，拍拍灰塵還幫我熨過。

「我覺得茶色比藍色適當！」

「讓治桑，笨蛋！」

她慣有的斥責口氣，瞪了我一下，

「晚上的宴會一定是藍西裝或晚禮服呀！不能穿彩色的或柔軟的，要穿硬的。這是禮節，以後要記住！」

「耶，真的這樣子嗎？」

「是這樣子呀，喜歡時髦卻連這個都不知道怎麼辦呢！這件藍西裝很髒了，不過西洋的皺紋可以熨平，只要形不變就沒問題。我都準備好了，今晚就穿這一件。還有最近不準備晚禮服不行。不然的話我就不跟你跳舞。」

還有領帶要藍色或純黑色，也可以打蝴蝶結，鞋子要漆皮鞋才行，不過，要是沒有，普通的黑色短統鞋也可以，紅皮正式舞會是被排除的，襪子以絹為宜，要是沒有應該選純黑色的。naomi不知從哪裡聽來的，這麼說明。不只是自己的服裝，連我的也管到底，到走出家門為止，花了不少時間。

到了那裡超過七點半，舞會已經開始。聽著喧囂的爵士樂隊聲音登階梯而上，餐廳椅子拿走成了舞廳的入口處貼著寫著：Special Dance-Admission: Ladies Free, Gentlemen ¥3.00」的公告，一個男孩在那裡收取會費。當然，因為是咖啡廳，雖說是大廳，並不那麼豪華，一眼望去，正跳著的大概有十組，即使這樣的人數也夠熱鬧了。房間的一邊排了兩列桌子和椅子的席位，買票進場的人各自占了位子，有時在那裡休息，欣賞別人跳舞。那裡有陌生男女、這裡一堆、那裡一堆聚在一起聊天。當naomi進來時，他們彼此竊竊私語，以不在這裡就看不到的一種異樣的眼神——半含敵意，半是輕蔑的懷疑眼神，搜尋打扮鮮豔、刺眼的她的身影。

「喂！喂！那裡來了那樣的女人唷！」

「帶她來的男的是什麼人？」

他們似乎在談論我。我清楚知道他們的視線不僅落在naomi身上，也落在她後面拘謹站著的我的身上。我耳朵響著樂隊演奏的聲音，眼前跳舞的群眾……大家的舞技遠比我高明的群眾，圍成一圈圈轉動著。同時，我對自己只是五尺二寸的矮小男人，膚色黑得像土人，齒列不整，穿著兩年前訂做的不合時宜的藍色西裝，臉發燙，身體打冷顫，浮現「我不該來這種地方」的念頭。

「站在這裡沒意思……到哪邊呢？到桌子那邊去怎麼樣？」

連naomi都怯場了嗎？在我耳旁小聲說。

「可是要穿過跳舞的人群，好嗎？」

「沒關係……」

「可是，要是撞到了就不好意思呀！」

「留意不要撞到就行了呀……你看！那個人不也從那裡穿過去嗎？沒關係，走看看！」

我跟在naomi後面穿過廣場的群眾，腳顫抖，地板光滑似乎要滑倒，照顧對方相當辛苦。而且，有一次差點滑倒。

「喂！」

我記得被 naomi 瞪了一會兒，皺起眉頭。

「啊，那裡好像有一個空的，到那張桌子吧！」

naomi 還是比我膽大，在眾目睽睽之下輕巧穿過，到某張桌子。雖然那麼喜歡跳舞，並沒說馬上要跳，總覺得稍微有點心浮氣躁，從手提袋拿出鏡子悄悄補妝。

「領帶歪向左邊了呀！」

偷偷提醒我，同時留意廣場那邊。

「naomi 將，濱田君來了不是嗎？」

「不要稱呼 naomi 將，要說桑呀！」naomi 這麼說，又露出為難的表情。

「濱桑來了，麻桑也來了呀！」

「在哪裡？」

「看！在那裡……」

慌忙悄悄責備我：「用手指人是失禮的呀！」

「看，那裡，跟穿著粉紅色洋裝的小姐一起跳的，那是麻將。」

「嗨！」

那時麻將說著，向我們這邊靠過來，越過同伴的女性肩膀跟我們笑一下。穿粉紅色洋裝的是個子高、露出肉肉的兩隻手臂的胖女人，多到超越茂密，讓人感到不舒服的純黑頭髮在肩膀那兒剪掉，讓頭髮縮上來，用緞帶纏起來；說到臉，雙頰紅紅，眼睛大大，嘴唇厚實，一切看來都是純日本味道，有如浮世繪裡出現的細長鼻子，瓜子臉的輪廓。我相當留意女孩的臉，沒看過這麼不可思議，不協調的臉。我想這個女人對她自己的臉太日本味道感到最大的不幸，為了儘可能有西洋人味道，似乎費了很大的苦心，仔細瞧瞧，大概露在外邊的肌膚都像吹上去似地塗了白粉，眼睛周邊隱隱塗了像油漆發出青綠色光的塗料。臉頰赤紅，無疑的是塗了腮紅，再加上用緞帶纏髮的樣子，雖然覺得可憐，再怎麼看都像怪物。

「喂！naomi將……」

我不小心這麼稱呼，馬上又改稱桑。

「那個女的那樣子也是小姐嗎？」

「是呀！看來像賣淫的……」

「妳認識那個女的嗎？」

「談不上認識，不過常聽麻將說。看！用緞帶纏頭髮，那個女孩眉毛在額頭的很上方，為了遮掩才纏頭髮，另外在下方畫上眉毛。你注意看，那個眉毛是假的呀！」

「臉蛋其實沒那麼差，不是嗎？紅色的、藍色的，那樣子亂塗一通看來可笑哪！」

「真是笨蛋一個！」

naomi似乎逐漸恢復自信，以自戀的平常的口吻說：

「臉蛋，哪裡好看呢？讓治桑覺得那樣的女人是美女？」

「談不上是美女，不過鼻子高，身材也不差，要是做平常打扮可以看吧！」

「討厭哪！有什麼可以看的？那樣的臉到處都有。而且，怎麼說呢，為了看起來有西洋人味道，做了一些打扮，可是看起來不像西洋人，我不是消遣，看來像猴子。」

「和濱田君跳的，好像哪裡見過？」

「她應該看過，是帝國劇場的春野綺羅子呀！」

「嘿，濱田認識綺羅子？」

「認識呀！他舞跳得很好，和許多女明星都成了朋友。」

濱田穿著有點褐色的西裝，巧克力色的拳擊、短綁腿，在群眾之中極為顯眼的高超舞步跳著，奇怪的是，或許也有這樣的舞也不一定，和舞伴的女孩臉緊貼著。有著纖細、象牙似的手指、用力一抱好像要折斷似的小個子的綺羅子，比在舞臺上看來漂亮許多，穿著如她名字綺羅的鮮豔衣裳，繫著叫緞子或朱珍的，黑底以金絲和深綠畫龍的圓形腰帶。由於女方個子矮，濱田宛如嗅她頭髮似的，用力將頭傾斜，在耳邊貼緊綺羅子的鬢毛。綺羅子是綺羅子，額頭緊貼男的臉頰連眼尾都出現皺紋，兩張臉四個眼珠子一眨一眨地，身體即使分離，頭和頭都靠在一起跳著。

「讓治桑，你知道那種舞嗎？」

「不知道！覺得不太雅觀。」

「真是的，實在下流！」

naomi以像吐口水的口吻說：

「那種舞叫貼臉舞，不是正式的場合能跳的。聽說在美國要是跳那種舞會被請出場的。濱桑也真是的，裝模作樣！」

「女的也真是的！」

「是呀！反正女明星什麼的都是那樣的人，這裡不歡迎女明星來，要是來了，真正的淑女就不來了。」

「即使是男的，妳也會囉嗦，不過，很少人穿藍色西裝，不是嗎？連濱田都做那樣的打扮……」

這是我一開始就注意到的。一副很了解的樣子的naomi，所謂禮儀只懂一點皮毛，硬是要我穿深藍色的西裝，來了一看，穿那種服裝的只有兩、三人，沒有人穿晚禮服，其餘的大都穿怪顏色、花樣的襯衫。

「是的；不過，那是濱桑的不對，穿藍色的才是正式的呀！」

「話雖這麼說……妳看，那個西洋人穿的不是鋼花呢（homespun）嗎？所以說穿什麼都行吧！」

「不是那樣子的，人都以只有自己才是正式的打扮而來的。西洋人那樣的打扮，對日本人是不適合的。而且，像濱桑那樣歷經多次比賽，舞技高明的人是特別的，讓治桑的打扮非正式的就見不得人呀！」

廣場的跳舞暫時停止，響起熱烈的掌聲。樂隊停止，他們大家都想再跳久一點，用力吹口哨、跺腳、喝采。於是音樂又起，停止的舞步又動了起來。過一陣子又停止，又開始……重複二、三次，最後再怎麼拍手也沒有用，男舞伴跟在女舞伴後面護衛著一起陸續回到桌邊來。濱田和麻將送綺羅子和穿粉紅色洋裝的女孩回到各自的桌子，坐下椅子，在女孩面前恭敬行禮之後，最後一塊兒回到我們這邊來。

「晚安！來得晚呢！」打招呼的是濱田。

「怎麼了？怎麼不跳呢？」麻將老是粗野的口氣，站在naomi後邊，從上俯視她耀眼的盛裝。

「如果沒有跟人約好的話，下一支舞跟我跳如何呢？」

「不要！麻將跳得太差勁了嘛！」

「說什麼蠢話！沒繳學費，也能跳這樣子已經很了不起！」拉開大大的湯圓鼻孔，嘴唇成「ㄟ」字形，嘿嘿地笑：

「咱們天生靈巧嘛！」

「哼！不要囂張！跟那穿粉紅色洋裝跳舞的樣子，就知道你沒安好心哦？」

讓人驚訝的是naomi，對這個男的，忽然說話說得粗魯。

「哼！妳這傢伙不行！」麻將縮縮脖子搔搔頭，回頭瞄了遠處桌的粉紅色一眼，

「我自己厚臉皮不想退出去，但是，那個女的無敵手，穿那洋裝到這裡搶風頭。」

「那是什麼？根本就是猴子嘛！」

「啊哈哈，猴子嗎？猴子，說得好，真的跟猴子無異。」

「說得好，不是你自己帶來的嗎？——麻將！真的很難看，才提醒你。想裝西洋

人，那副長相不可能的。關鍵是臉的造型，要日本、日本、純日本的臉才行！」

「也就是說反效果囉？」

「啊哈哈！真的是猴子的反效果的努力。像西洋人的人即使穿和服，看來還是有西洋味兒哪！」

「也就是說像妳這樣囉？」

naomi「哼！」地高聳鼻子，得意地嘻嘻笑：

「是呀！我看起來像混血兒哪！」

「熊谷君！」濱田似乎顧慮到我，扭怩的樣子，以這個姓名喊麻將。

「你和河合桑是第一次見面吧？」

「臉倒是看過幾次——」

被叫「熊谷」的麻將，越過naomi的背部，對呆立在椅子後面的我投以尖銳的討厭視線。

「我自我介紹叫熊谷政太郎。請多——」

「本名熊谷政太郎，另一名是麻將——」naomi仰視熊谷的臉，「麻將，順便多介紹一下自己，怎麼樣？」

「不！不行的，說太多就洩底了。──詳細情形請問naomi桑好了。」

「哎呀！討厭哪！詳細情形人家怎麼知道嘛?!」

「啊哈哈！」

被這些傢伙包圍著雖然不愉快，但是naomi心情很high，我沒辦法笑著說：

「怎麼樣？濱田君和熊谷君要不要來這裡坐呢？」

「讓治桑，我口渴買什麼飲料吧！濱桑，你要什麼？檸檬汁？」

「我什麼都行……」

「麻將，你呢？」

「反正有人請客，我想要威士忌碳酸。」

「受不了，我最討厭人家喝酒，嘴巴臭臭的！」

「臭也沒關係，不是說臭的不會被扔嗎？」

「是那隻猴子說的？」

「糟糕！要是她興師問罪，我得道歉！」

「啊哈哈！」naomi旁若無人，笑得身體前後搖，「那，讓治桑，叫服務生來，──威士忌炭酸一杯，然後檸檬汁三杯……啊，等等！我不要檸檬汁，改水果雞尾酒好了。」

「水果雞尾酒？」

我聽都沒聽過的飲料，naomi為什麼知道呢？我感到不可思議。

「雞尾酒不是酒嗎？」

「騙人！讓治桑不知道——濱將、麻將也來評評理，這個人是這麼的粗野。」

naomi說「這個人」時用食指輕敲我的肩膀。

「所以呀，跟來跳舞的這個人，我們兩人真的是笨手笨腳沒辦法。迷迷糊糊的，剛才還滑了一下差點摔倒。」

「地板太滑了呀！」濱田為我辯護似地。

「剛開始誰都笨手笨腳的呀，習慣之後很快就熟練了……」

「那我怎麼樣呢？我也還不熟練？」

「不！妳是例外的，因為naomi膽子大……社交的天才！」

「濱桑也是天才呀！」

「耶——我？」

「是呀，不知什麼時候就和春野綺羅子成了朋友！麻將你不覺得嗎？」

「嗯！嗯！」熊谷翹起下唇，揚揚下巴點點頭。

「濱田，你對綺羅子採取行動了嗎？」

「不要開玩笑，我會做那種事嗎？」

「濱桑滿臉通紅辯白的樣子好可愛。一定是說中哪一點——那，濱桑，叫綺羅子來這裡嘛？叫她來吧！介紹給我認識。」

「什麼啦？又會說些冷言冷語的？碰到妳毒舌的日子，朋友都變成敵人了！」

「放心好了！我不會諷刺她，叫她來吧！還是熱鬧一點好，不是嗎？」

「那我也叫那隻猴子來？」

「好啊！好啊！」

naomi回過頭看熊谷。

「麻將也叫猴子來吧！大家就是一夥了。」

「嗯，好呀，現在舞已開始了，和妳跳一曲之後再處理。」

「我不喜歡麻將，不過，沒辦法，就跳吧！」

「別說了，別說了，剛學的忍不住想跳。」

「那讓治桑，我去跳一曲再回來，你要看著哦……之後再和你跳。」

我想我的臉一定是露出悲傷，奇怪的表情，naomi突然站起來，挽著熊谷的手臂進入又開始移動的人群之中。

「接下來是第七的狐步舞曲嗎？」

濱田對只剩下我們兩人，似乎窮於話題，從口袋裡掏出節目表看，悄悄翹起屁股。

「對不起，我失禮一下，接下來和綺羅子小姐約好了。——」

「請便，不用客氣——」

三人走掉後，我一個人不得不面對服務生送來的威士忌汽水和所謂的「水果雞尾酒」四杯飲料，茫然看著廣場的情景。本來不是我自己想跳舞，主要是想看naomi在這樣的地方，有多麼耀眼，是什麼樣的跳舞樣子；結果這樣心情反而輕鬆。有如被釋放的安心感，認真追尋在波動的人群之間的忽隱忽現的naomi身影。

「嗯！跳得不錯……能跳這樣子不差……讓她學跳舞，這孩子看來還滿靈巧的……」

穿著可愛的舞鞋，豎起白色足袋的腳尖，身體團團轉，華麗的長袖翩翩起舞。每踏出一步，衣服的下襬就像蝴蝶般上下飛舞。她以像藝妓拿鼓槌時的手勢搭在熊谷肩上的純白手指，絢爛的腰帶束緊沉甸甸的胴體像一莖花，在這些舞者當中她較顯眼的部分是側臉、正面，後邊的髮際——這麼看來和服的確是不可以拋棄的東西，不僅如此，由於有那從粉紅色洋裝開始、出人意料的「匠心獨具」的婦人在，我暗自擔心她喜好的鮮豔色彩，就不會顯得那麼低俗了。

「啊！好熱！好熱！讓治桑你看我跳舞了嗎？」

她一支曲子跳完回到桌子，急忙把雞尾酒杯子挪到面前。

「啊，看了呀，一點也不覺得是才剛開始學的。」

「真的？那麼下次 one step 時和讓治桑一起跳，好吧？one step 的話很容易的。」

「那些人怎麼辦？濱田君和熊谷君。」

「等一下就來了呀，他們會把綺羅子和猴子拉過來——再叫二杯水果雞尾酒就行了。」

「嗯，說來滿滑稽的——」

naomi 注視杯底，咕嚕咕嚕喉嚨發出聲響，潤濕乾渴的喉嚨。

「那個西洋人也不是朋友什麼的，突然跑到猴子那裡說，請跟我跳。根本就是瞧不起人哪，也沒人介紹就這麼說，一定是誤以為人家是賣淫或什麼的。」

「那拒絕不就行了嗎？」

「所以說很滑稽呀！那隻猴子因為對方是西洋人拒絕不了，現在正跳著呢！真是混蛋！丟臉！」

「妳也不要這樣露骨地說壞話呀！我在旁邊聽著都為妳擔心。」

「沒問題的，我有我的看法。——那樣的女人被這麼說也是應該的，否則連我都會有麻煩。連麻將，也會有麻煩，我是提醒他才這麼說的。」

「那也是男的才能說呀……」

「等等，濱桑帶綺羅子來了，淑女來了要馬上從椅子上站起來喲——」

「我來介紹——」濱田在我們二人面前，以士兵「立正」的姿勢站著。

「這是春野綺羅子小姐。——」

這種場合，我自然會拿 naomi 的美為標準，「這個女的跟 naomi 比是贏還是輸呢？」；現在在濱田後邊舉止文雅，嘴角自然浮現自信的微笑，一腳踏向那裡的綺羅子，年紀大概比 naomi 大一、兩歲吧。然而，就活潑這點而言，或許是小個子的關係吧，跟 naomi 沒有兩樣，然而衣裳之豪華，壓倒 naomi。

「第一次見面……」

態度誠懇，看似聰明、小而圓、亮晶晶的眼睛，稍微蹲下式的打招呼，動作優雅不愧是女明星才有的，不像 naomi 那麼粗野。

naomi的舉止超越活潑的限度。說話的方式也不和藹，以女人而言缺少溫柔，很容易流於低俗。總之，她是野生的野獸，與此相比，綺羅子不論說話的方式，眼神、頸子的轉動，舉手投足一切都非常洗練，感覺像是很小心、神經質似的，盡人工的極致研磨而成的貴重品。例如她靠在桌子，手握雞尾酒杯時，看她從手掌到手腕，確實很細。纖細到似乎承受不了那厚重垂下的袖子重量。皮膚的細嫩與色澤的鮮豔跟naomi相較不相上下，我不知幾次反覆端詳她們放在桌上的四隻手，不過，兩人的面貌卻大不相同。naomi如果是瑪麗．畢克馥，是年輕女孩的話，這位無論如何就是義大利或法國舉止溫雅隱含嬌態的幽豔美人了。同樣是花，naomi如果是在野外綻放的花，綺羅子就是在室內開放的花。在那肌肉緊張的圓臉之中的小鼻子，肉是多麼薄，有如透明的鼻子啊！除非是相當有名的工匠製造的人偶或什麼的，否則即使嬰兒的鼻子也沒有這麼纖細。最後我察覺到的是，naomi平常自傲的整齊齒列，與它完全相同的真珠顆粒，在綺羅子有如剖開赤紅的瓜的可愛口腔之中，就像種子一樣排列著。

我感到自卑的同時無疑的naomi也感到自卑。naomi不像剛才那麼傲慢，有點嘲諷或冷眼靜默，全場變得無趣。即使不是這樣，好強不服輸的她，面對自己說「把綺羅子叫來」的這一句話面前，很快就製造頑皮搞笑的氣氛。

「濱桑，不要不哼聲，説説話呀！——耶，綺羅子小姐，是什麼時候跟濱桑成為朋友的？」

是這樣子慢慢開始談話的。

「我？」

綺羅子説，清澄的眼睛瞬間變亮。

「之前不久開始的。」

「我（わたくし）」

naomi也被對方的「我（わたくし）」的語氣牽引。

「剛才看您跳得非常好，已經學很久了？」

「不！我早就開始跳了，只是一點也沒進步，笨手笨腳的……」

「沒有這回事呀！那！濱桑，你覺得呢？」

「算是很厲害了。綺羅子小姐是在女明星訓練班正式學過的。」

「哎呀！怎麼説出來……」綺羅子出現靦腆的樣子，低下頭來。

「真的跳得很好，依我看男的跳得最好的是濱桑，女的就是綺羅子小姐……」

「哪裡！」

「什麼，開起跳舞評審會了?男的跳得最棒的再怎麼說不就是我嗎?——」

這時熊谷帶著穿粉紅色洋裝的小姐過來。

這位粉紅色洋裝的女孩，依熊谷的介紹是住在青山的企業家的千金，叫井上菊子。已經快過適婚期的二十五、六歲左右——這是後來才聽說的；兩、三年前嫁到某地，由於太喜歡跳舞，最近才離婚。——故意在晚禮服之下露出從肩到手的裝扮，大概是想以豐滿豔麗的肉體當賣點吧!可是現在從面對的樣子來看，感覺不是豐滿豔麗而是年紀大的肥胖婦人。本來比起瘦弱的體格，這麼多肉應該較適合穿洋裝，可是，最大的問題在於她的臉。有如在西洋人偶上硬套上京都人偶的頭，還有鼻子與洋裝相去甚遠，——如果就這樣也還好，但她又費心想把它們接近，這邊那邊過分的打扮，使得還勉強可看的容貌變得蕩然無存。仔細一看，真正的眉毛應該是隱藏在頭巾下，眼睛上方的眉毛明顯是畫上的假眉毛。之外，還有眼睛的藍色線，腮紅、假酒窩、唇線、鼻梁線等等，幾乎臉上所有部分都打扮得不自然。

「麻將，你討厭猴子?」naomi突然這麼問。

「猴子?」熊谷說，強忍住不笑出來，「怎麼問這麼奇妙的事?」

「我家養了兩隻猴子呀!所以啊!如果麻將喜歡的話，我想分一隻給你。怎麼樣，麻將喜歡猴子不是嗎?」

「哦,你養了猴子啊?」

菊子一臉正經地問,naomi覺得中了自己的圈套,喜歡惡作劇的眼光發亮:

「是的,我有養,菊子小姐喜歡猴子嗎?」

「我凡是動物都喜歡,狗、貓都喜歡——」

「猴子也喜歡嗎?」

「是的!」

這問答太可笑了,熊谷臉轉向側邊捧腹,濱田用手帕掩嘴嗤嗤地笑,綺羅子似乎也感覺到怪怪的默默地笑。不過,菊子看來意外的是好人,自己被嘲弄了也沒察覺。

「哼!那個女的腦筋有點問題,是不是有點血液循環不良呢。」

終於第八支舞的One step開始了,熊谷和菊子走向舞池,naomi也不管綺羅子還在面前,以損人的口氣說:

「綺羅子小姐,妳不這麼認為嗎?」

「咦?什麼事情呢?!——」

「她感覺像猴子吧!所以啊,我才故意談猴子的呀!」

「哦——」

「大家笑成那樣子，我都沒感覺，真是阿呆！」

綺羅子以半是厭煩，半是輕蔑的眼神偷窺naomi的臉，一直都不表示意見。

11

「讓治桑，這是One step，走吧！我跟你跳！」

接著我如naomi說的，終於有了和她跳舞的光榮。對我來說，雖然不好意思，平常的練習可以實際試看看的是這時候，特別是對手是可愛的naomi，絕非不喜歡。縱使舞技差勁到成為笑料的程度，我的差勁反而襯托出naomi的高明，因此，這毋寧是我本來的希望。此外，也存在著我的虛榮心。希望聽到大家說「他看來是那個女的先生！」換句話說我希望能夠以「這個女的是我的，怎麼樣，看我的寶貝多棒啊！」而大大地引以為傲。想到這裡覺得不好意思，但同時又覺得非常痛快。到今天為止為了她付出的犧牲與辛勞，感覺似乎有了代價。

我從剛才開始總覺得她今夜似乎不想跟我跳舞！在我技巧稍微好一點之前不喜歡跟

我跳，討厭跟我跳就算了，在那人之前我也不會主動說想跟她跳。就在有點想打退堂鼓的時候，她說「走吧！我跟你跳！」那一句話不知讓我多麼高興。

我興奮得有如發燒，從牽著naomi的手到踏出最初的一步為止我還記得，但是之後我過於入迷，越入迷就連音樂什麼的都聽不見，腳步亂七八糟，眼睛一眨一眨，心跳加速，跟我在吉村樂器店的二樓，放留聲機唱片跳時完全不一樣，一進入人潮的大海之中，就不知如何進退了。

「讓治桑，您怎麼一直發抖呢？不好好跳不行呀！」

naomi一直在耳邊斥責。

「看！又滑開了！這是太急著轉了呀！再輕一點，再輕一點！」

我被這麼一說更是慌亂。加上地板為了今夜的舞會弄得特別光滑，把它當成是練習場地跳，一不留神馬上又是一滑。

「肩膀！肩膀不要高起來，肩膀往下拉，往下拉！」

naomi說著，掙開我緊握的手，有時用力壓我的肩膀。

「不要緊緊抓住我的手呀！好像要貼在我身體，這樣不好跳，沒意思哪！……看，肩膀又！」

像這樣子，彷彿是為了挨她罵而跳舞；甚至於連她嘮嘮叨叨的話都進不了我的耳朵。

「讓治桑，我不跳了！」

不久naomi生氣了，當大家還興匆匆地跳安可曲時，竟然拋下我回到座位上。

「太離譜了！跟讓治桑根本沒辦法跳呀！在家裡多練習吧！」

濱田和綺羅子回來，熊谷回來，菊子也回來了，桌邊又熱鬧起來！但是我完全陷入幻滅的悲哀，只默默地成為naomi嘲弄的對象。

「哈！哈！哈，像妳這麼說人家，臉皮薄的人還跳得下去嗎？不要這麼說，來跳吧！」

我對熊谷說的話又生氣了。「來跳吧！」是什麼話。究竟把我當成什麼？這個乳臭未乾的小子！

「那裡，沒有naomi說的那麼差呀！比他更差的多的是，不是嗎？」濱田說：

「怎麼樣？綺羅子小姐，接下來的狐步舞曲妳跟河合桑跳怎麼樣？」

「是，請！……」

綺羅子仍然像女明星撒嬌，點點頭。不過我慌忙搖手：

「不行！不行呀！」

我說，不好意思到滑稽的程度。

「哪有不行的呢？像你這麼客氣不行的啦！綺羅子，妳說是不是？」

「……說真的，請！」

「不行！我實在不會跳，等學好之後再和妳跳。」

「她說要跟你跳，你就跳嘛！」naomi命令似地說，彷彿對我而言那是我無上光榮似的。

「讓治桑只想跟我跳是不行的呀。——狐步舞曲一開始就去吧！跳舞要跟別人較量才行呀！」

「Will you dance with me?」

那時我聽到這句話，不客氣地來到naomi旁邊的是剛才和菊子跳舞，身材高瘦、像女人塗了白粉的年輕老外。往naomi身前屈身，背部呈圓形，微笑著以為會說些恭維的話，卻很快地不知說些什麼。之後只有厚臉皮的說「please please」的地方我聽得懂。naomi也露出為難的表情臉脹紅宛如要噴出火似的，但生氣不得，嗤嗤地笑。雖然想拒絕，怎麼說才最委婉呢？她的英語剎那之間一句話也說不出來。老外看到naomi笑了，以為她有意，就說「請！」做出催促的動作，同時厚臉皮要她回答。

「Yes...」

她說，心不甘情不願地站起來時，臉頰紅得像燃燒似的。

「啊哈哈哈，有人那麼囂張，一旦碰到西洋人就沒轍了！」熊谷咯咯地笑。

「西洋人死不要臉真是傷腦筋呀！剛才我真的不知如何是好哪！」這麼說的是菊子。

「請跟我跳一曲好嗎？」

由於綺羅子還等著，我陷入不得不這麼說的「困境」。

不只是今天，嚴格來說，我的眼中除了naomi之外沒有其他女人。當然，看到美女也會心動。不過，再怎麼漂亮，只想從遠處欣賞，不會想碰觸。修列姆斯卡亞夫人的情形是例外，談到那次，我那時經驗到的恍惚心情，恐怕不是一般的慾。說是「情慾」有神韻飄緲難以捕捉的如夢感覺。對方是跟我們距離遙遠的外國人，又是舞蹈老師，因此和日本人，又是帝國劇院的女明星，而且還穿著華麗衣裳的綺羅子相比較，心情較為輕鬆。

然而，意外的跟綺羅子實際跳了之後，發現她真的很輕盈。全身柔軟，像棉花，手的柔軟感覺就像樹葉的新芽。而且，和我的步調配合得非常好，即使像我這麼差勁的舞技，都能讓我感覺像是騎到了好馬。我說「輕盈」其實本身就包含無法形容的快感。我馬上就有了勇氣，我的腳自然踩出活潑的步調，有如坐在旋轉木馬上，無論到那裡都可以圓滑繞過去。

「好舒暢啊！真不可思議，好有趣！」

我不由得有這樣的感覺。

「您跳得很好呀，跟您跳一點也不會難跳呀！」

……轉呀轉地！像水車一樣迴轉之中，綺羅子的聲音掠過我耳邊……溫柔、輕輕的，多麼像綺羅子的甜美聲音……

「哪裡，是妳帶得太好了！」

「不……是真的……」

過了一會兒，她又說。

「今晚的樂隊演奏得真好！」

「是！」

「音樂要是不好，再怎麼跳也不會有勁的！」我意識到時，綺羅子的嘴唇就在我的額頭下方！看來這是這女人的習慣，像剛才跟濱田那樣，她的鬢毛也碰到我的臉頰。感覺非常柔軟的頭髮……還有不時洩露出來的輕聲細語……長久之間被像馴馬的naomi的腳踢慣的我，那是從未想像過的「像女人」的極致。這樣子綺羅子以親切的手愛撫像被荊棘刺傷的傷痕……。

「我很想拒絕，不過西洋人沒什麼朋友，不同情他們太可憐了！」

不久回桌的naomi有點失望的表情辯解。

第十六曲的華爾滋結束時大概是十一點半吧！這之後還有外加的幾首。naomi說太晚了就搭計程車回去吧，我終於說服她走到新橋趕上最後的電車。熊谷、濱田也和女性們一起送我們到銀座街道那邊。大家耳中似乎還響著爵士樂團隊的聲音，只要有人哼起某部分的旋律，大夥兒馬上附和那一節，不會唱歌的我，對他們的靈敏，記憶的快速，以及年輕爽朗的聲音，只感到嫉妒。

「啦、啦、啦啦啦。」

naomi以較高的聲調打拍子走路。

「濱桑，你喜歡什麼？我最喜歡Caravan。」

「哦，Caravan！」菊子的叫聲有點瘋狂，「那很棒呀。」

「不過，我——」這次是綺羅子接著說，「覺得ホイスパリング（譯注：hoibariagu，一種舞曲）也不錯，很容易跳——」

「蝴蝶小姐最好，我最喜歡那一首！」濱田馬上用口哨吹了起來。

在剪票口和他們道別，我和naomi站在冬天晚風吹拂的月臺等待電車期間，沒說什麼話。類似歡樂之後的寂寞，這樣的心情占據我整個心頭。無疑的naomi沒有那樣的感覺。

「今晚很有趣，以後再去哪！」

她開了話頭，我失望的表情只口中回答「嗯！」

這算什麼？這就是跳舞啊？欺瞞父母，夫婦吵架，大哭大笑的結果，我體驗的舞會是這麼胡扯的東西？那些傢伙不都是虛榮心與阿諛、自戀、裝模作樣的一票人嗎？——既然這樣我為何要去？是為了向他們炫耀naomi？——如果是這樣那我也是虛榮心作祟。然而我一直自以為是的寶貝又怎麼樣？

「怎麼樣？你、你帶這個女的走在路上，真的如你自己期待的讓路人驚豔？」

我產生自我嘲諷的心，內心裡不得不這麼說。

「你、你、你是盲人不怕蛇。的確，對你而言這個女的是世界第一的寶貝。可是，這寶貝拿到公開的舞臺上時又怎麼樣？虛榮心和自戀作祟！你說得好，那一票人的代表者不就是這個女的嗎？自以為偉大，胡亂說別人壞話，在旁邊看就惹人厭的，妳以為自己是誰呢？被西洋人以為是賣春婦，而且連簡單的英語一句也不會說，結結巴巴的，不是只有菊子小姐理會她嗎？還有，這個女的那種粗魯的說話方式像什麼呢？縱使想裝淑女，那種口吻根本不堪入耳，菊子小姐或綺羅子遠比她有氣質，不是嗎？」

——那晚一直到回到家為止這種不愉快，說是悔恨呢或者是失望，有一種形容不出來的厭煩心情充塞胸中。

即使在電車裡我故意坐在相反的一邊，對自己前面的naomi，想再一次仔細端詳。整體而言這個女的是哪裡好，自己迷戀到這種程度？是她的鼻子？還是她的眼睛？這麼一列舉，奇怪的是經常對我而言有魅力的那張臉，今晚只覺得實在無趣、下賤。於是，在我記憶底層，自己第一次遇到這女人的時候——模糊浮現在鑽石咖啡廳時候的naomi的姿態，跟現在相比，那時候好得很多。天真無邪、有內向、憂鬱的地方，完全不像現在是粗俗、任性的女人。我愛戀那時候的naomi，那情形一直持續到今天，其實，想想在不知不覺之間，這個女人已經變成相當讓人受不了的傢伙。好像要說那個「聰明的女子是我」，端莊的坐姿如何，好像說「天下的美人是我」，好像想說「沒有像我這麼時髦、西洋味道的女人」，那副驕傲的表情又如何；英語的「a」字也不會說，連 passive was 與 active was 的區別也不知道，別人不了解我可是清楚得很。……

我偷偷在腦中痛罵她，她有點向後仰，由於臉向後，從我的座位剛好可以看到她最自以為傲的像西洋人的獅子鼻黑黑的鼻孔。而鼻孔左右有厚厚的小鼻肉。想想我和這鼻孔朝夕相處是最熟悉的。每晚每晚我抱這個女人時，常從這個角度看鼻孔，不久前也還擤鼻涕，愛撫鼻子的周圍，或者有時讓自己的鼻子和這鼻子，像楔子一樣交差，也就是說這鼻子——附在這女人臉正中央的小肉塊，有如我身體的一部分，絕非他人的東西。以這種感覺去看，更覺得可憎污穢。常有肚子餓時飢不擇食，把不好吃的也吃了一大堆，隨著肚子飽脹，突然察覺到剛才塞進去的東西的不堪，胸口鬱悶想吐——說來就像這樣的心情吧！今夜也一樣和這鼻子，臉對臉而睡，想到這裡想說：「我已經吃太多！」覺得消化不良而感到疲憊。

「這也是父母的懲罰！欺騙父母只為了自己有有趣的經驗，結果卻沒什麼好事！」我這麼想。

不過，讀者啊，如果猜測我這樣就對 naomi 厭煩了可就麻煩了。不！我自己也從沒有這樣的感覺，只是一時之間這麼想而已，回到大森的家，只剩下兩人，電車裡那種

「飽脹感」慢慢地不知跑到那裡去了，又恢復naomi的所有部分，無論眼睛、鼻子、手、腳都充滿誘惑，而且它們每一樣對我而言都是無上的美味。

之後，我常和naomi參加舞會，每次對她的缺點厭煩，歸途心情一定不好。然而，這並不會持續長久，對她的愛憎心情，一晚改變幾次像貓眼一樣善變。

12

冷清的大森家裡，濱田、熊谷、他們的朋友，主要是在舞會認識變親近的男士們，逐漸出入頻繁。

大概都是傍晚，我從公司回來時候，然後大家放錄音機跳舞。因為naomi好客，也沒有小心謹慎的公職人員或年老者，加上這裡是畫室，既然來跳舞，他們常玩到忘記時間的消逝。開始時還有點顧慮，說晚飯之前回去，然而，naomi硬是留下他們，

「等等！為什麼現在要回去！留下來吃飯吧！」後來變成來了就一定叫「大森亭」的西餐，在家用晚餐成了慣例。

進入梅雨季，某個濕濕的夜晚。濱田和熊谷來玩，十一點多還在聊天；外頭風大雨

大，雨劈啪啪打玻璃窗，兩人都嘴裡說「要回去了！」但遲遲沒有動作。

「天氣真糟糕，看來待會也回不了，今晚就在這裡過夜吧！」naomi突然這麼說。

「可以吧？睡在這裡。——麻將當然可以吧！」

「嗯，我怎麼樣都行，不過，要是濱田回去我也回去。」

「阿濱沒關係呀！呢，阿濱。」

naomi說，看我的臉色：

「沒關係的，阿濱，完全不用顧慮呀，要是冬天的話棉被不夠，現在四個人總有辦法的。何況明天是星期日，讓治也在家，睡得再晚都無所謂呀！」

「怎麼樣？留下來吧！這種雨真是太大了！」

我沒辦法只有勸他們。

「就這樣子吧！而且明天還可以玩什麼的，對了，傍晚還可以到花月園去呀！」

結果兩人就留下來了。

「蚊帳怎麼辦呢？」我問。

「蚊帳只有一副，大家一起睡就行了呀。這樣比較有趣不是嗎？」這樣的事對naomi是很少有的呢，有如去見學旅行，雀躍地說。

這對我也感到意外，我本來想蚊帳讓他們兩人，我和naomi點蚊香在畫室的沙發過夜就行了，想都沒想過四個人擠在一個房間。而naomi喜歡這樣，對兩人也沒有露出討厭的表情……如往常我還在猶豫時，她很快就決定了：

「我要鋪棉被了，三個人幫忙一下！」

她先發號司令，邊爬上屋頂裡的四帖半房間。

心想棉被的順序如何安排，因為蚊帳小，四個人不可能枕頭排成一列。於是三個人並列，一個人呈直角。

「哪！這樣子可以吧？男的三個並排在那裡，我一個人睡這邊。」

「呀！真是天才哪！」掛上蚊帳，熊谷往裡瞧邊說。

「這樣真像小豬舍，大家混在一起。」

「哼！增添人家的痲煩還……」

「當然！反正今晚不會真的睡著。」

「我要睡，打鼾呼呼大睡。」

熊谷碰的一聲躺下來，衣服也沒脫下先鑽進去。

「想睡？不會讓你睡的。——濱桑，不可讓痲將睡著，想睡就搔他呀！——」

「好悶熱，這怎麼睡得著呀。——」

斜靠在正中央的棉被、膝蓋豎起的熊谷右側，洋服的濱田只穿短褲子和一件內衣，瘦削的身子仰臥，小腹凹下。似乎靜靜地在聽戶外的雨聲，一隻手放在額頭上，一隻手揮著圓扇拍拍的聲音，似乎更悶熱難過。

「這是什麼一回事，我有女人在旁邊，就覺得睡不香甜哪！」

「我是男人呀！不是女人，濱桑不也說我不像女人嗎？」

在蚊帳外，微暗處迅速換上睡衣時，看得到naomi白白的背部。

「這，我確實說過，不過……」

「……睡在旁邊，還是覺得是女人？」

「耶，是這樣子！」

「我無所謂，我沒有把你算成女人！」

「不是女人，是什麼？」

「嗯，你是海豹。」

「啊哈哈哈，海豹跟猴子哪邊好？」

「哪邊都敬謝不敏！」

熊谷故意發出想睡的聲音。我躺在熊谷的左邊，默默聽著三人陣陣的胡扯，心裡忖度naomi進來這裡，頭會朝向濱田和我的哪一邊呢?會這麼想是因為濱田把枕頭擺在不偏向那邊的曖昧位置之故。讓人覺得剛才鋪棉被時，她故意那樣子鋪!之後枕頭怎麼擺都行。naomi換上桃色的皺紋睡衣，很快進來站著說：

「要不要關燈!」

「關掉好了!」

是熊谷的聲音。

「那就關掉了喲。……」

「呦!好痛!」

熊谷叫的那一瞬間，naomi突然踏在他胸上，把男人的身體當踏板，從蚊帳裡吧地一聲關掉電燈。

變暗了；外頭電線杆上街燈的燈光映在玻璃窗上，房間裡彼此的臉或衣服都依稀可辨，naomi跨過熊谷的頭，跳回自己的棉被的剎那睡衣的下襬敞開的風拂過我的鼻子。

「麻將，要不要來一根?」

naomi並不想馬上睡覺，像男人一樣叉開腿大剌剌地坐在枕頭上，由上往下看熊谷問道。

「好呀！轉向這邊吧！」

「畜生！算計無論如何不讓我睡！」

「哈哈！轉過來吧！不轉的話要捉弄了！」

「哇！好痛！停！停！我是活的，力道輕一點！被踩被踢，再怎麼強壯也會受不了呀！」

「哈哈！」

我望著蚊帳的天花板不是很清楚；但naomi似乎是用腳尖踩男的頭，

「真受不了！」

熊谷說著終於也翻了身。

「麻將，還沒睡吧？」

傳出濱田的聲音。

「是呀，還沒睡，正被折磨著呢。」

「濱桑，你也轉向這邊，不然也要折磨你了喲！」

濱田接著翻個身，趴著。

同時熊谷發出卡卡的聲音，是找尋火柴的聲音。接著點火柴，「啪」地我的眼瞼閃過亮光。

「嗯……」

「讓治，你也轉向這邊怎麼樣？自己一個人做什麼呢？」

「怎麼了？想睡覺嗎？」

「嗯……有點意識朦朧……」

「唔，說得好，故意裝睡吧，不是嗎？是這樣子嗎？是不是不放心呢？」

我被說中了要害，儘管還閉著眼睛，感覺臉脹紅了。

「我沒問題的，只是這樣吵吵鬧鬧，你可以放心睡覺。……如果真的不放心，就轉向這邊看看，不要自己硬撐著──」

「希望被捉弄不是嗎？」是熊谷說的，在菸上點火，吸了一口又吐出來。

「不要！這樣捉弄人也沒意思呀，我們每天都這麼做。」

「可親愛得很哪！」濱田說，他不是從心裡說的，對我只是客套話。

「哪，讓治，──不過，如果想被捉弄我可以為你服務。」

「不！夠了。」

「夠了的話請轉向我這邊呀，一個人不跟大家一起怪怪的。」

我一骨碌地轉身，下巴靠在枕頭上，這麼一來豎膝兩腿張開呈八字型的naomi的腳，一邊是濱田的鼻尖，一邊是我的鼻尖。而熊谷呢，頭放在呈八字型的中間，悠哉悠哉吸著「敷島」香菸。

「讓治，這幅景像怎麼樣？」

「嗯……」

「嗯，是什麼意思？」

「看不下去了，就像海豹一樣。」

「耶，海豹啊，現在海豹在冰上休息。前面躺著三隻，而且都是雄海豹。」

淡綠色的蚊帳像密雲籠罩般，從頭上垂下來……夜晚的視線裡看得到，解開的長長的頭髮之中白色的臉……散亂的睡衣，露出來的胸部、手腕、豐腴的小腿……這模樣是naomi經常引誘我的姿態之一，擺出這姿態讓我看是我把當成投以誘餌的野獸。我在微暗中明確感到naomi以慣有的似教唆的表情，以不懷好意的眼睛微笑，一直俯視著我。

「說什麼看不下去那是謊話，我要是穿睡衣他常受不了，今晚大家在，強忍著呢。讓治，我說中了吧？！」

「不要胡說了!」
「哈哈哈!這麼囂張的話，就讓你受不了!」
「喂!喂!節制一下，那種事留待明天晚上。」
熊谷又插嘴:
「不小心的話，腳朝向他的人半夜被踢走也說不定哪!」
「河合桑，怎麼樣?她真的睡像不好嗎?」
「是呀!不好，而且還不是普通的不好!」
「喂，濱田!」
「怎麼了?」
「裝睡舐腳底呢。」熊谷說，咯咯大笑。
「舐腳底有什麼不好?讓治經常這樣呀，腳比臉可愛呀。」
「那傢伙是一種拜物教呢。」
「是這樣子吧!讓治，不是這樣嗎?你其實比較喜歡腳呢?」
之後，naomi說「不公平的話不好」每隔五分鐘腳轉向我，再轉向濱田，好多次在棉被上這邊那邊躺。

「好了，這次是腳對著濱桑！」

雖是躺著把身體當圓規一樣團團轉，旋轉時兩腳高舉踢蚊帳的頂，或者把枕頭從那邊丟向這邊。由於海豹的活躍情況過於激烈，縱使不是這樣棉被的一半跑到蚊帳外頭，把蚊帳腳掀起，有幾隻蚊子趁勢飛進來。「蚊子跑進來了，這怎麼行呢！」熊谷一躍而起，開始撲滅蚊子。不知是誰踩到蚊帳，吊勾斷了掉下來。掉下來這段時間naomi更是粗野。修理吊勾，重新掛起蚊帳又花了好長一段時間。感覺這樣的吵鬧，似乎可以稍微平息時，已是東方開始泛白時分。

雨聲、風聲，隔壁睡著的熊谷的鼾聲……我耳朵聽著這些聲音，終於進入朦朧之際，卻稍有動靜又醒過來。畢竟這個房間兩個人睡都嫌過於狹窄，加上附著在naomi肌膚或衣服上的香味與汗味，醱酵般籠罩著。而今夜又增加兩個大男人，更感受到讓人忍受不了的悶熱，在密閉的牆壁之中，有著讓人以為發生地震般，幾乎令人窒息的悶熱。有時熊谷翻個身子，濕黏黏的手或膝蓋彼此碰在一起。而naomi呢，枕頭雖然在這邊，卻一隻腳放在枕頭上，另一隻腳豎膝，腳背伸進我的棉被裡，頭歪向濱田，兩手張得開開的，即使好動的姑娘也累了？睡得很香甜。

「naomi……」

我看大家平靜的鼻息，口中這麼唸著，撫摸我棉被下的她的腳。啊，這個腳，這睡得香甜雪白的美麗的腳，這的確是我的東西，這腳從她還是小姑娘時候開始，我每天晚上放進熱水裡用肥皂清洗，而這皮膚的柔軟——從十五歲開始她的身體逐漸伸長，只有這個腳有如不會長大般依然小巧可愛。這拇趾還是那時候的樣子。小姆趾的形狀，腳踝的圓滑、鼓起來的腳背的肉，一切不都是那時的樣子嗎？……我不由得把嘴唇湊向她的腳背輕輕地吻。

天亮之後我似乎又朦朧入睡，不久，在哄然笑聲中醒過來，naomi把紙捻伸進我的鼻孔。

「怎麼樣？讓治，醒過來了！」

「啊，已經幾點了？」

「已經十點半了呀，醒過來也沒事就睡到雷聲響吧！」

雨停了，星期日的天空，萬里無雲，房間裡還殘留著人的悶熱氣。

13

當時，我這麼散漫的情況，公司的人應該沒有人知道。我的生活在居家與在公司時，截然劃分為二。當然，處理事務之際，腦中也常閃過naomi的影子，不過，這並不至於影響到工作，何況別人也察覺不到。在同事眼中我看來依然像君子吧，也這麼深信著。

然而，有一天——梅雨還沒有完全結束的時候，鬱悶的晚上，同事之一的波川技師，奉公司之命出國，送別會就在築地的精養軒舉行。我依例出席，聚餐會結束，甜點上完，大家陸續往吸菸室移動，大家邊喝混合酒（liqueur）開始吱喳閒聊時候，我心想可以走了，站起來。

「喂，河合君，請坐下！」

嗤嗤地笑著阻止我的是叫S的男子。S已有微醺味道，跟T、K、H等人占住一座沙發，準備把我硬拉到中間。

「不要逃得那麼快嘛，準備去哪裡呢？在這下雨時候——」

S說著，抬頭看不知如何是好愣在那裡的我，又一次嗤嗤地笑。

「不！沒有要去哪裡……」

「你會直接回去嗎？」

說這句話的是H。

「對不起，讓我失陪。我住在大森，這樣的天氣路不好，不早點走會沒車子呀！」

「哈哈！說得好聽。」

這次是T說的。

「喂，河合君，種子是不是已經播種了？」

「什麼？……」

「種子」是什麼意思？不了解T的話，我有點狼狽反問道。

「真是太意外了，一直以為你是君子哪……」

接著是K表現出無比意外似地歪著頭，

「說到連河合君也跳舞，時代真是進步了呀！」

「喂，河合君！」

S顧慮周遭的人，附在我耳邊問。

「你帶著散步的美女是誰呀？也介紹我們認識一下嘛。」

「不，不是值得介紹的女人。」

「可是，不是說是帝國劇場的女明星嗎？……咦，不是嗎？有聽說是電影女明星，也有說是混血兒，說出那個女的家，不說的話，不讓你回去喲！」

我明顯露出不高興的表情，也沒察覺到自己的口吃，S還拚命把膝蓋伸出來，當真地問。

「河合，那個女的不是舞會的話，叫不動嗎？」

我差點要罵「混蛋」。還以為公司沒有人會發覺，哪知不只是嗅出來了，從博得浪蕩子之名的S的口氣來看，他們不相信我們是夫婦，似乎以為naomi是可以隨傳隨到的女人。

「混蛋，抓住人家的老婆說『可以叫出來嗎？』這是什麼話！不要說些無禮的話！」面對這難堪的侮辱，我當然變臉大吼。不！確實一瞬間，我臉色大變。

「喂，河合，說一下嘛！真是的。」

他們看準我人和氣，死纏不放，H這麼說著回頭看K：

「K，你是從哪裡聽來的？——」

「我是從慶應的學生聽來的。」

「耶，說了些什麼？」

「我的親戚，有超喜歡跳舞的，經常出入舞廳，認識那個美人。」

「喂，叫什麼名字呢？」

T從旁探出頭來。

「名字嘛……耶……是奇妙的名字……naomi大概是叫 naomi吧！」

「naomi……應該是混血兒囉。」

S說著，嘲諷似地窺視我的表情。

「如果是混血兒，那就是女明星了？」

「聽說是了不起的酒色之徒，那個女的。常騷擾慶應的學生。」

我浮現出怪異的，像痙攣的淺笑，嘴角抽搐，然而K的話說到這種程度，淺笑頓時結凍似地，在臉頰上動也不動，感覺眼珠子驟然往眼窩深處凹下似的。

「是有希望的囉！」

S完全進入興奮狀態說。

「你親戚的學生跟那個女的有什麼嗎？」

「不，這就不清楚了，不過，聽說朋友當中有兩、三人有。

「算了！算了！河合擔心著呢。——看，他的表情。」

T這麼說，大家抬頭看了我一眼笑了。

「讓他稍微擔心一下有什麼關係。不讓我們知道偷偷地想占有那樣的美女這樣的心思才奇怪呀！」

「啊哈哈哈，河合君，君子偶爾有情色的擔心沒關係吧！」

「啊哈哈哈……」

顯然這不是我該生氣的場合。完全聽不清誰說了什麼。轟然笑聲在兩邊的耳朵嗡嗡響著。剎那之間我的猶豫是如何才能脫離現場呢？是哭好了呢還是笑好呢？——不小心說了什麼是否惹來更大的嘲笑呢？

總之，我好不容易逃離吸菸室。一直到站在泥濘的道路被冷冷的雨拍打為止，感覺腳沒著實踏在地面上。現在也覺得後面好像有什麼追過來，我拚命往銀座的方向逃走。

到了尾張町的另一個左邊的十字路口，從那裡我往新橋的方向走……其實，我的腳只是無意識地，跟我的頭腦毫無關係往那個方向移動。我的眼中映著被雨淋濕的人行道上街燈閃爍。跟天氣無關，馬路上行人似乎相當多。啊，藝妓撐著傘，年輕的姑娘穿著法蘭絨走路、電車、汽車奔馳……

……naomi是酒色之徒。騷擾學生？……那樣的事可能嗎？有可能，的確可能，看最近naomi的樣子，不這麼想反而是奇怪的。其實我自己私下也在意，不過，圍繞她的男友實在太多，反而放心。naomi是小孩，而且很活潑。如她所說的「我是男的呀！」因此找來許多男的，只是天真地、喜歡吵吵鬧鬧而已。如果她另有企圖，有這麼多眼睛看著，無法偷偷進行，難道她……這麼推想，這「難道她」是要不得的。

可是這難道她……難道她如果不是「非事實」？naomi儘管任性，不過，是品行高尚的女子。我深深了解。表面上對我輕蔑，其實感謝對從十五歲開始養育她的我的恩義。「我絕不會做出背叛的事！」就寢時她常含淚說的話，我無法懷疑。那個K說的——說不定那是公司的壞傢伙嘲弄我？如果真是那樣倒還好。……那個K的親戚的學生，是誰呢？那個學生知道的跟有兩、三人有關係？兩、三人？……是濱田？熊谷？……如果說可疑的，這兩個最可疑，只是，如果那樣兩人為什麼不會吵架？不是個別來，而是一起來和naomi玩得很高興究竟安什麼心？是對我的障眼手段？是naomi巧妙操控，兩人彼此都不知道？不！更重要的是，naomi會那麼墮落嗎？如果和兩人有關係，之前那一晚像睡大通鋪那樣，那麼無恥，恬不知恥的模倣做得出來？如果真的是那樣，她的行為不是比賣笑的娼婦還過分嗎？……

我不知不覺走過新橋，在巷口的街道吧嗒吧嗒濺起泥土筆直走向金杉橋。雨不留絲毫縫隙籠罩天地，從前後左右包圍我的身體，從傘落下的雨滴沾濕了雨衣的肩膀。啊，男女混睡的那一晚也是這樣的雨。在那鑽石咖啡廳第一次向naomi表明心意的晚上，雖是春天也是這樣的雨。我心裡想著這些。那麼今夜，自己被淋濕在這裡走著之際，大森的家裡有人會來嗎？又大家混著睡嗎？——這樣的疑慮突然浮上來。naomi在正中央，濱田或熊谷舉止不端在旁邊，喋喋不休開玩笑的靡爛畫室的光景，歷歷如目。

「對了，我不能再慢吞吞了！」

這麼想，我急忙趕往田町的停車場。一分、二分、三分，第三分鐘電車終於來了；我從未有過這麼長的三分鐘的經驗。

naomi、naomi！我今夜為什麼把她丟下呢？naomi不在旁邊是不行的。那是最糟糕的。——我想只要看到naomi的臉，感覺這種焦躁的心情幾分獲得解救。我祈求聽到她豁達的說話聲，看到她似乎無罪的黑瞳，疑念會消失吧！

或者，如果她又說大家混著睡吧，自己應該說什麼呢？今後自己對她、對向她靠近的濱田、熊谷，對其他雜七雜八的，應該採取怎樣的態度呢？自己應不惜觸怒她，毅然採取嚴格的監督嗎？如果因此她乖乖地服從自己就好了，要是反抗的話怎麼辦？不！不會有那樣的事。如果我說：「我今晚受到公司同事嚴重的侮辱，因此避免妳受到世人的誤解，行動應該稍微謹慎！」跟其他場合不同，這也是為了她自身的名譽，我說的她應該會聽吧！如果名譽、誤解都無所謂的話，那她真的可疑。K說的話是事實！如果……啊，如果是那樣的事……

我努力保持冷靜，讓心情平靜，想像最壞的情形。如果明確知道是她欺騙我的話，我能原諒她嗎？——老實說，我已經是沒有她一天都活不下去。她墮落的罪過一半責任在我，因此naomi對「前非」老實後悔道歉的話，我不想再責備她，也沒有責備的資格。然而我擔心的是，她那強硬的、尤其是對我更為強硬態度的她，縱使找到證據，大概不會輕易對我低頭吧！會不會即使一旦低頭，其實一點也沒改過，小看我，兩次、三次重複同樣的過錯呢？結果是，彼此鬧意氣而分手呢？——這是我感到最害怕的，露骨地說，比起她的貞操，這才是我更為頭痛的問題。要糾正她，或者監督，處於這之際，自己必須先有腹案才行。如果她說「既然這樣我搬出去哪！」時，如果有說得出「隨妳便！」的覺悟就行。……

可是，談到這一點我知道naomi也有同樣的弱點。怎麼說呢？她跟我一起生活可以儘量揮霍，但是一旦被趕出去，除了那艱苦的千束町的家之外，哪有容身之處？如果那樣，除非她變成賣笑婦，否則沒有人會奉承她吧！從前，教育成任性的她，以今日的虛榮心，鐵定無法忍受的。濱田或熊谷等人會收養也說不定；然而就學生的身分，她應該清楚，不可能有我給她的那樣的榮耀榮華。這麼一想，我認為讓她嘗到奢侈的滋味是好的。

對了，說到這裡，有一次英語課naomi撕掉筆記本，我生氣要她「滾出去！」時，她不是投降了嗎？那時她要是真的出去會有多傷腦筋我不知道，比起我她會更傷神。有我才有她，離開我身旁最後再掉落到社會的最底層變成供人差遣。這無疑是她相當害怕的。這種害怕現在也跟那時沒有兩樣。她今年也已經十九歲。年紀越大，多少能夠分辨，光是這一點，她應該更清楚了解。如果這樣，萬一我嚇唬她「給我滾出去！」大概也沒辦法狠下心吧！這麼容易看穿的威嚇，她會知道只是測驗她害怕不害怕而已吧……

到達大森車站之前，恢復了一些勇氣，想想不管有什麼事naomi和我不會面臨分手的命運，至少這是可以確定的。

回到家門前，我的胡亂想像完全沒猜到，畫室黑漆漆的，似乎連一個客人也沒有，靜悄悄的，只有屋頂裡的四帖半房間點著燈而已。

「啊，是一個人看守……」

我放下心摸摸胸口。我不由得產生「太好了，我真的很幸福！」的念頭。

用鑰匙打開上了鎖的玄關門，一進到裡面我馬上打開畫室的電燈，一看，房間依然雜亂，不過，不像有客人來過的樣子。

「naomi將，我回來了……」

沒有人回答，於是我爬上樓梯，naomi一個人在四帖半房間鋪了床，睡得正香甜。這種情形在她身上並不少見，覺得無聊時也不管白天或夜晚，不管什麼時候鑽進棉被裡看小說，就這樣呼呼大睡是常有的事，因此接觸到那無辜的睡臉，我終於放心。

「這個女的欺騙我？有這樣的事嗎？……這個現在在我眼前呼吸平穩的女人？……」

避免吵醒她，我輕輕地坐在她枕邊，暫時屏住呼吸看她的睡姿。從前，狐化為美麗的公主欺騙男人，睡覺時露出真面目，被剝掉變了樣的皮。——我不知怎的想起孩提時代聽過的那樣的童話。睡像不雅的naomi，短而薄的棉睡衣完全掉下，挾在兩腿之間，連乳房都露出來的胸部，豎起單肘，手指有如彎曲的樹枝放在上邊。而另一隻手軟軟的伸到我坐著的膝蓋附近。頭轉向手伸出來的方向，幾乎從枕頭滑下。她的鼻尖，一本打開的書本就掉在那兒。那是依她的評價是「當今文壇最偉大的作家」有島武郎的小說

《凱因的末裔》。我的眼光在書本純白的西洋紙與她白皙胸部來回穿梭。

naomi肌膚的顏色有時看來像黃色，有時看來白色，但是沉睡時或剛起床時，經常非常清澄。睡眠之間，有如體中脂肪完全脫落，變漂亮。一般「夜晚」與「暗黑」是附著的東西，但是，我經常想到「夜晚」就不得不聯想到naomi肌膚的「白」。那是跟白天、毫無隱蔽的明亮的「白」不同，在骯髒的、滿是污垢的棉被裡，亦即被襤褸包圍的「白」，反而吸引我。像這樣仔細端詳，在燈罩下的她的胸部，彷彿鮮明浮現在湛藍的水底下的東西，醒時是那麼開朗，變化無窮的表情，現在卻眉頭深鎖有如喝了苦藥，又有如脖子被勒住出現神祕的表情；而我很喜歡她這樣的睡臉。我常說：「你睡著了就變成另一種表情，好像做噩夢。」也常想「她的死相無疑的一定很美！」縱使這個女的是狐，她的真相是這麼妖豔的話，我歡喜被她迷惑。

我默默坐著大致有三十分鐘之久，從燈罩的陰影往明亮地方伸出的她的手，手背朝下，手掌朝上有如剛綻放的花瓣輕輕握住，清楚看到她的手腕脈搏的跳動。

「什麼時候回來的？……」

當規律而平穩的呼吸，有點亂時，她終於張開眼睛。臉上還殘留憂鬱的表情……

「現……稍早之前。」

「怎麼不叫醒我？」

「叫了呀，妳沒醒過來，所以就不管了呀！」

「坐在那裡，做什麼？——看我的睡臉？」

「耶——」

「哼！奇怪的人！」

她說，像小孩一樣天真無邪的笑，手伸出來放在我膝蓋上。

「我今晚好孤單很無聊耶。以為會有人來，沒有人來玩哪……爸爸，還不睡嗎？」

「睡也可以……」

「好，那就睡吧，隨便躺下，被蚊子咬得到處都是。看咬成這樣子！幫我抓抓嘛！……」

我抓了一會她的手腕和背部。

「謝謝，好癢，受不了。——對不起，那件睡衣幫我拿一下？順便幫我穿一下？」

我拿了睡衣，把躺著呈「大」字型的她的身體抱起來。在我幫她解開腰帶，更換衣服之間，naomi故意裝得軟綿綿，手腳無力像屍骸一樣。

「掛上蚊帳，然後爸爸也早點睡吧！」

14

那一夜兩人的夜間故事，我想就不用寫了。naomi聽我轉述精養軒的話，嘴裡罵道「真是失禮，不知說些什麼的傢伙！」一笑置之。總之世間還不諒解「社交舞」的意義。只要男與女手牽手跳舞，就臆測他們之間有見不得人的關係，馬上予以負面的評價。對新時代的流行持反感的報紙，又寫些不負責任的報導中傷，因此一般人只要談到跳舞就認為是不健康的東西。我們對類似這樣的批評早有心理準備。——

「而且，我除了讓治，從未單獨和其他男人在一起呀。——不是嗎？」

去跳舞時是和我一起，朋友來家裡玩時我也在一起，萬一我不在也從未有只有一個客人。縱使一個人來，也會說「今天家裡只有一個人」，大概會有顧忌而回去。她的朋友當中沒有這麼不懂禮貌的男人。——naomi這麼說：

「我儘管任性，還分得清行或不行。想欺騙讓治當然欺騙得了，但是，我絕不做那樣的事。什麼事都光明正大，沒有哪一件事隱瞞讓治的，不是嗎？」

「這個我了解的，只是被人家那麼說，心情不好而已！」

「心情不好，那要怎麼辦。難道說就不跳舞了嗎？」

「不用停止，不過儘可能不要被誤會，小心一點比較好。」

「我一直都很小心交友，不是嗎？」

「所以，我也沒誤解妳呀！」

「只要讓治沒誤解，其他傢伙不管說什麼我都不怕。反正我比較粗魯，不會說話，大家都討厭我。——」

接著她又以情緒的、撒嬌的語氣重複說，「她只要我相信她，愛她就夠了」啦。「自己不像女的，自然有男的朋友，男的個性爽朗她自己也喜歡，因此只和他們玩，但是完全沒有情色的含意在內」，最後又搬出「老套」，說「不會忘記從十五歲開始的養育之恩」啦，「覺得讓治既是父母又是丈夫」，淚潸潸流下，又要我幫她擦淚，吻她如雨下。

儘管說了這麼長的話，不知是故意，或偶然，奇怪的是沒說出濱田與熊谷的名字。我其實想看看她說這兩個名字時臉上的反應，結果沒有說。當然，她的話我並非從頭到尾都相信，可是，要是懷疑的話，什麼事都可能懷疑，沒必要硬是議論過去的事，只要注意、監督今後的發展就行了……不，儘管開始想以強硬態度面對，卻逐漸「被迫」變成這樣的曖昧態度。而且，在淚與接吻之中，聽到夾雜著啜泣聲的細語，心想會不會是謊言呢而猶豫著，最後還是認為那是真的。

發生這樣的事之後，我有意無意間留意naomi的情況，她似乎在非不自然的程度下，逐漸更改舊有的態度。舞會雖然照樣去，不過，不像以往那麼頻繁，即使去了也不跳那麼久，適可而止。客人也不會常來叨擾。我從公司回來，她一個人乖乖地留守，看小說啦，或編織東西啦，或靜靜地聽錄音機啦，或在花壇種花。

「今天也一個人留守嗎？」

「是呀，一個人呀！沒有人來玩。」

「那不寂寞嗎？」

「一開始就決定一個人，就不會寂寞，我無所謂。」她接著說。

「我喜歡熱鬧，但也不討厭寂寞呀！小時候完全沒有朋友，常一個人玩。」

「這麼說，真的是那樣子。在鑽石咖啡廳時，跟同事幾乎不說話，甚至有點陰鬱呢。」

「是的，我看來像愛熱鬧，其實真正的性格是陰鬱的呀。——陰鬱的話不好嗎？」

「文靜是好的，可是，變成陰鬱也麻煩。」

「不過比前陣子那樣胡鬧，還是好的？」

「這可就不知道好多少喲?!」

「我變成好孩子了吧？」

突然跳過來，兩手緊緊抱著我的脖子，激烈接吻頭都快暈了。

「怎麼樣，有一陣子沒去跳舞，今晚去看看？」即便我向她邀請。

「隨便——如果讓治想去的話——」表情不悅，含糊回答。

「或者去看電影吧，我今晚不想跳舞。」也常這麼回答。

兩人之間又恢復四、五年前單純的快樂生活。我和naomi兩人單獨時水乳交融，幾乎每晚到淺草。看電影，回程到那裡的料理屋吃晚飯，彼此談論懷念的過去「那時候是這樣子！」或者「那樣子！」沉溺在回憶裡。「妳個子小，坐在帝國館的橫木上，抓著我的肩膀看畫呀！」我說。「讓治剛來鑽石咖啡廳時，不吭聲得厲害，遠遠地盯著我的臉看，感覺不舒服。」naomi說。

「對了，爸爸這陣子都不幫我洗澡，什麼時候常幫人家洗嘛，好嗎？」

「是是，以前是這樣子的。」

「是不是因為之前的事，現在不幫我洗了？還是我長大了討厭幫我洗？」

「怎麼會討厭呢，即使現在也想幫妳洗呀，其實是不好意思哪！」

「是嘛？那就請幫我洗，我又變成嬰兒了！」

由於有這樣的對話，剛好沐浴的季節來臨，我又把丟在置物角落的西洋浴槽搬到畫室，幫她洗身體。「大嬰兒」——我曾經這麼說過，那之後四年歲月流逝，現在的naomi，從躺在浴槽的身長看來，已經完全變成「大人」。滿頭蓬鬆的秀髮解開的話如陣雨後的雲霧，各處關節由於旁邊肉多，有了小窩。肩膀更加渾厚，胸部與臀部的凸起更具彈性，峰巒迭起，優雅的雙腳感覺似乎更長。

「讓治桑，我長高了多少？」

「啊，長高了。現在跟我差不多了。」

「現在，我比讓治還高呢。之前量了體重是五十二點六公斤。」

「真的？我還不到六十公斤呀！」

「可是讓治還是比我重？雖然個子不高。」

「當然重呀，再怎麼矮，男的骨頭較重。」

「那現在讓治還有勇氣當馬讓我騎？——剛來時常這麼玩，不是嗎？我騎到背上，用手巾當韁繩，還喊著『嗨嗨』在房間裡頭繞。」

「嗯，那時候輕，只有大概四十五公斤。」

「要是現在讓治會被壓垮呀！」

「怎麼可能。不信的話，試看看！」

兩人開玩笑到最後，又像從前那樣玩騎馬遊戲。

「來，我變成馬了。」

我說著，趴下來，naomi騎到背上，五十二點六公斤的體重壓上來，手巾的轠繩讓我咬在嘴裡。

「多瘦小的馬呀！振作點。嗨！嗨！」

邊叫著，有趣地用腳夾緊我的腹部，揮動轠繩。我為了不被她壓垮拚命頂住，流汗在房間裡繞行。而她在我沒累垮之前不會停止。

「讓治桑，今年夏天要不要去鎌倉？好久沒去了。」

到了八月，她問。

「我那之後就沒去過，想再去看看哪！」

「沒錯，那之後就沒去過。」

「是呀，所以今年去鎌倉吧！那是我們的紀念地方，不是嗎？」

naomi這句話讓我多麼高興。如naomi說的我們的新婚旅行？——說來我們的新婚旅行去的是鎌倉，對我們而言，應該沒有比鎌倉更值得紀念的地方。之後，我們每年都到那裡避暑，卻把鎌倉給忘記了，naomi談起來實在是太棒的提議。

「好呀，一定要去。」

我毫無意見完全贊成。

討論有了結果，馬上向公司請十天假，大森的家門戶緊閉，月初兩人出發到鎌倉，住宿地方是借了從長谷的街道往御用邸去的路上，叫植物盆栽店的別館。

我最初心想這次不要住金波樓，準備住比較漂亮的旅館，無意中變成租房間的是，naomi說「從杉崎女士聽到的好消息」帶來盆栽店別館的提議。依naomi說法，旅館不經濟，也要顧慮到附近人家，能夠租房間是最好的。幸運的是，杉崎女士的親戚是東洋石油高級幹部，有偌大而不用的房間，可以借給我們，這樣不是很好嗎？那位高級幹部借六、七、八三個月約定租金五百圓，七月住了一個月就不喜歡鎌倉，如果有人想借樂於出租。有杉崎女士的介紹，租金好談！大意如此。

「沒有比這更好的啦，就這麼決定吧，這樣的話也不太需要花錢，就這個月內去吧！」naomi說。

「可是，我需要上班不能玩那麼久呀！」

「鎌倉的話，可以每天搭火車去，不是嗎？就這樣子吧！」

「可是，那裡妳喜不喜歡呢？」

「好，我明天就去看看，要是喜歡的話就可以決定。」

「可以決定，不過要是免費也覺得不好意思，總是要談一下租金比較好……」

「這可了解的，讓治很忙，要是允許我到杉崎先生那裡，請她收下。總要百圓或一百五十圓……。」

這樣子，naomi一個人劈里啪啦地進行，房租彼此讓步以百圓談妥，她也付清了。

我有點擔心，去看了，比想像的好。租的房間是與母屋分離，獨立的一棟平房，除了八帖和四帖半的客廳之外，有玄關、洗澡間、廚房、出入門戶也不一樣，從庭院可以直通馬路，和盆栽的家人也不用照面，看來兩人可以在這裡組成新家庭。我在純日本式的新榻榻米坐下來，在長方形火盆前盤腿而坐，悠然自得。

「這很不錯，心情非常舒暢。」

「房子不錯吧！跟大森的家比，哪邊好？」

「這裡心情比較安定，似乎住多久都沒問題。」

「看吧！所以我才說就決定這裡了。」

naomi得意洋洋地說。

某一天——來這裡之後大約三天吧！下午去玩水，游了大約一小時之後，兩人躺在沙灘上。

「naomi桑！」

突然在我們的頭上，有人這麼叫。

一看，是熊谷。似乎剛從海裡上來，濕泳衣緊緊貼在胸部，海水沿著多毛的手臂啪啦啪啦滴下來。

「哦，麻將，什麼時候來的？」

「今天來的——心想說不定會碰到你們，真的碰到。」

熊谷舉起手朝大海大喊：

「喂——」

「喂——」

海上也有人回答。

「是誰在那裡游泳呢？」

「是濱田呀！——我和濱田、關、中村，四個人今天來。」
「那很熱鬧呀！住在哪間旅館？」
「嘿，那有那麼好，實在太熱了，沒辦法，當天來回。」
naomi和他聊天時，濱田上來了。
「哦，好久不見了——怎麼了？河合先生，最近舞會完全不見蹤影。」
「也不是這回事，是naomi說厭倦了。」
「是嗎？那就怪了。——你是什麼時候來的？」
「兩、三天前來的。借了長谷盆栽店的別館。」
「那真是好地方，靠杉崎先生的幫忙借一整個月。」
「那很雅致呀！」熊谷說。
「會在這裡待一陣子？」濱田問，「在鎌倉也可以跳舞呀。今晚其實海濱的飯店有舞會，要是有伴想去看看。」
「我不要！」naomi冷冷地說，「這麼熱不宜跳舞，等天氣涼了之後再出去。」
「說得也是，跳舞不是夏天的活動哪！」濱田說著，尷尬的表情不知如何是好：
「喂，麻將怎麼樣——再去游一次？」

「不行，我已經累了想回去。現在去休息一下，回到東京天也黑了。」

「現在去，去哪裡?」naomi問濱田，「有什麼有趣的嗎?」

「扇谷地方有阿關叔叔的別墅。今天大家都被拉到那裡，說要請吃飯，但是很無聊，飯也不想吃就想開溜。」

「哦?真的那麼無聊?」

「好無聊、好無聊!女服務生出來用三指拴著他，他未行禮，好失望呀!哪樣即使請客，飯怎麼吞得下去?!——濱田，回去吧!回去在東京吃點什麼!」

熊谷嘴裡這麼說，並未馬上起身，腳伸直穩穩坐在沙灘上，抓起砂子灑在膝蓋上。

「跟我們一起用餐怎麼樣?好不容易來了嘛——」

因為濱田、熊谷都沉默了一下，我不這麼說，覺得不好意思。

15

那一晚晚飯吃得很熱鬧，是許久未曾有過的。濱田、熊谷，後來加上關和中村，在別館客廳八帖大的房間六個主客圍著摺疊式矮桌，聊到十點左右。我剛開始認為這些人會把現在的暫居處弄髒亂而討厭，然而像這樣偶爾見面，他們充滿活力、不拘泥，像青年人的個性，沒什麼不愉快，naomi的態度是在眾人前面撒嬌，但不輕佻，增添現場氣氛，或接待的方式都非常理想。

「今晚很有意思哪！那票人偶爾見了面也不錯吧！」

我和naomi送他們到停車場搭末班車回去。手牽著手在夏天夜晚的路上邊走邊聊天。那是星星漂亮，從海上吹來的風很涼爽的夜晚。

「哦，真的那麼有意思？」

naomi的語氣是對我心情好也感到高興。接著，想了一下說：

「那票人，常在一起就會覺得並不是那麼壞的人喲！」

「嗯！真的不是壞人哪！」

「可是，會不會很快又殺過來？阿關叔叔的別墅，不是說往後會常帶大家來嗎？」

「偶爾可以，可是要是常來就傷腦筋呀！下一次來不要那麼盛情招待。不要請他們吃飯什麼的，適當時候就打發他們回去！」

「可是，總不能趕人家走呀……」

「沒有不可以的呀！我會說不方便請回去吧。馬上趕人。——不可以這麼說嗎？」

「又會被熊谷嘲諷！」

「被嘲諷也沒關係。人家好不容易來鎌倉，是來打擾的人不好吧！——」

兩人來到陰暗的松樹蔭，邊走邊聊，naomi突然站住不動。

「讓治桑！」

細聲、嬌甜，像傾訴的聲音，我了解她的意思，我默默地用雙手包圍她的身體。像咕嚕吞下一滴潮水時，強烈咀嚼嘴唇的味道……

之後，十天的休假轉眼間過去了；我們依然幸福。依最初的計畫，我每天從鎌倉到公司上班。關那一票人說「會常來玩！」也只來一次，大約是一星期過後，之後就不見人影了。

那個月底之後，我因為有緊急要查的東西，回來都很晚。平常大約七點左右回來，和naomi一起吃晚飯；但是留在公司到九點，再回來就超過十一點——那樣的夜晚預定連續五、六天，事情就發生在第四天。

那一晚我本來應該留到九點，因工作早點處理好，八時左右就離開公司。如往常從大井町搭省線電車到橫濱，之後改搭火車，在鎌倉下車，距離十點還有些時間。每晚每晚——雖是這麼說其實只有三、四天——這陣子連續晚歸的日子多，因此我想早一點回到住處看naomi，休息一下吃晚餐，比平常心急，從停車場前搭人力車到御用邸旁的路。

夏天酷暑，在公司工作一天，之後搭火車搖搖晃晃回來的身子，感覺這海岸夜晚的空氣是多麼溫柔、清爽啊！不只是今夜，那一天傍晚突然下了一陣雨之後，從沾濕的草葉，露濕的松樹枝，靜靜上升的水蒸氣，聞到會讓人想靠近的幽香。夜晚的露珠四處發出亮光，沙地的道路塵土不揚，車夫的腳步聲，正如踩在天鵝絨上，輕輕地落在地面。似乎是別墅的某戶人家，從樹籬笆深處傳出錄音機聲音，偶爾有一、兩個穿著白色浴衣的人影徘徊，一幅到避暑地度假的景象。

在木門口打發人力車回去，我從庭院往客廳的走廊走過去。心想naomi聽到我的皮鞋聲馬上會打開走廊的紙拉門；然而紙拉門裡燈火通明，她似乎不在，靜悄悄的。

「naomi將……」

我叫了兩、三次，沒有人回答，登上走廊拉開紙拉門，房間空空如也。泳衣啦、浴巾、睡衣啦，隨意掛在壁上，拉門、壁龕，茶具、菸灰缸，坐墊等亂擺在客廳的情形，跟平常一樣雜亂，然而有著某種寂靜無人的氛圍——絕不是才剛剛離開的寂靜，這是我對戀人特有的感覺感受到的。

「去哪裡了呢?——恐怕兩、三小時之前就……」

即使如此，我還是到廁所，熱水間看看，慎重起見還到廚房門口，打開水池子的電燈看看。我眼睛看到的是有人大吃大喝之後殘留的正宗（譯注：日本清酒名）的一升瓶子，西洋料理的殘渣。對了，還有菸灰缸上還有許多菸蒂。無疑的一定是那一票人來過。……

「老闆娘，naomi似乎不在，到哪裡去了呢?」

我跑到主屋，問盆栽店的老闆娘。

「哦，你是說小姐啊?——」

老闆娘都稱呼naomi是小姐。即使是夫婦，naomi都希望對世人而言只是同居或者是未婚妻，如果不這麼稱呼naomi會不高興。

「小姐傍晚回來，吃過晚飯後又跟大家出去了。」

「大家，是誰呢?」

「那個……」

老闆娘停頓了一下，

「那個叫熊谷的年輕人，還有叫什麼的，跟大家一起……」

我租房子的老闆娘只認識熊谷，她稱呼「熊谷的年輕人」我覺得怪怪的，然而，現在無暇問這問題。

「傍晚回來？那是說白天都跟大家在一起？」

「過午時候，一個人去游泳，之後和熊谷的年輕人一起回來……」

「跟熊谷兩個人？」

「是的……」

我那時其實還不那麼慌亂，但是老闆娘似乎有難言之隱，表情為難的臉色也越來越強烈，因此逐漸讓我感到不安。我儘量不想讓老闆娘看穿我的心意，不過我的語氣不由得不急。

「那是怎麼一回事？不是跟大夥兒在一起？」

「是，那時只有兩個人，她說今天飯店白天有舞會，就出去了……」

「之後呢？」

「之後傍晚時，一票人回來。」

「晚餐是大家在家裡吃的嗎？」

「是的，不知怎的很熱鬧……」

老闆娘這麼說，看我的眼神，苦笑。

「用過晚餐又出去是幾點左右呢？」

「那大概是八點左右吧……」

「那已經兩小時了！」

我不自覺地說出來。

「那麼是在飯店呢？老闆娘有聽到什麼嗎？」

「我不是很清楚，不過，是在別墅吧……」

的確這麼一說，讓我想起阿關叔叔的別墅在扇谷。

「啊，去了別墅，那我現在就去接她，老闆娘知道在哪裡嗎？」

「就在長谷的海岸……」

「耶，長谷嗎？我聽到的是扇谷……嗯，怎麼說呢，我要說的是，雖然我不知道今晚是否來這裡，但是，naomi朋友，阿關的叔叔別墅……」

我這麼一說，老闆娘臉上閃過驚訝的表情。

「跟那別墅不一樣嗎？」

「耶……嗯……」

「在長谷海岸的別墅，究竟是誰的呢？」

「是熊谷先生的親戚……」

「熊谷君的……」

我突然臉色變蒼白。

老闆娘說，從停車場到長谷的道路向左轉，在海濱飯店前的道路直直向前行，自然通到海岸。在路起頭邊邊的大久保別墅，就是熊谷先生的親戚。我第一次聽到，naomi、熊谷，至今從未談起。

「naomi有時候去那別墅嗎？」

「是的，怎麼了？……」

話雖這麼說，老闆娘惴惴不安的神情，我看在眼裡。

「當然今晚不是第一次去吧？」

我感到呼吸急迫，連聲音都發抖。老闆娘或許是擔心我生氣，臉也變蒼白。

「我不會添您的麻煩，您儘管說。昨晚呢？昨晚是不是也出去了呢？」

「是……昨晚似乎也出去了……」

「那前晚呢？」

「是！」

「還是出去了？」

「是！」

「大前天晚上呢？」

「大前天晚上也出去……」

「我回來得晚，所以似乎每晚都這樣？」

「是……，我不是記得那麼清楚……」

「經常大概都幾點回來呢？」

「大概嘛……快十一點之前……」

看來兩人從開始就騙我！因此，naomi才想來鎌倉！——我腦中有如暴風開始旋轉，我的記憶以非常速度回憶這段期間naomi的行動和話語。一瞬間，針對我的「詭計」的線索完全暴露出來。那裡有著像我這麼單純的人無法想像的，二、三重的謊言，以及精密設計的串通，那些傢伙到底參與了多少陰謀，不得而知，我覺得是這麼複雜，彷彿突然從平穩、安全的地面被推落到深深的陷阱裡，從洞底以羨慕的眼神目送，從高處嘻哈哈走過的naomi、熊谷、濱田、關和其他無數的人影。

「老闆娘，我現在要出去，如果她回來也不要跟她說我回來過，我另有打算。」

丟下這句話，我就往外衝。

來到海濱飯店之前，在她告訴我的路上，儘可能走在陰暗的地方。道路兩邊有大別墅並列，一片寂靜，夜晚人行稀少的街道上，燈光並不明亮。在某個門燈燈光下，我拿出錶一看，剛過十點。在大久保的別墅，naomi是和熊谷兩人？或者和固定的那一票人嬉鬧呢？總之，到現場一探究竟，所以我加快腳步。

我馬上認出目標的家。我在它前面的路上來回一陣子，瞧瞧家的樣子，在豪華石門之內樹叢茂盛，樹叢之間，碎石子路一直延伸到深處玄關，無論是寫著「大久保別邸」門牌的文字的古味，或者圍繞著廣闊庭園長了青苔的石牆，比起別墅，感覺更像具有相當歷史的古屋，熊谷有親戚在這種地方擁有這般廣闊豪宅，越想越不對。

我在碎石子路上儘可能不弄出聲響，偷偷進入門中。由於樹木茂盛，從道路看不清屋子的模樣，靠近一看，奇妙的是不管是外玄關、裡玄關，二樓或一樓，看得到的房間都靜悄悄，門戶緊閉，暗暗的。

「裡面真的有熊谷的房間嗎？」

我訥悶，又躡手躡腳，沿著主屋繞到後側，於是看到二樓有間房，和正下方廚房的門燈亮著。

二樓是熊谷的房間，只要看一眼就清楚了。怎麼說呢？他那把曼陀林放在走廊的扶手，客廳裡柱子上掛著還有印象的塔斯康禮帽。儘管紙拉門敞開，一句說話聲都沒聽到，顯然現在房間裡沒有人。

——這麼說廚房門口的紙拉門，似乎是剛剛有人從那裡出去，所以還開著。我靠著從廚房門口照射到地面的微弱燈光，發現一公尺之外有道後門。門是二根舊木柱，沒有門板，從柱子與柱子之間看到由比海濱的波浪在闇黑中看來像明顯的白線，傳來強烈的海的香味。

「一定是從這裡出去的！」

我從後門走到海岸幾乎同時聽到naomi的聲音就在附近。之前沒聽到大概是風勢的關係吧！

「等等！砂子跑到鞋子裡邊，走不動了呀！誰幫我取出砂子……麻將，你幫我把鞋子脱下來嘛！」

「我不要。我又不是妳的奴隸！」

「你這麼說，我就不疼你了喲……還是濱桑親切——謝謝，就只有濱桑，我最喜歡濱桑！」

「混球！人善被人欺。」

「啊，哈哈哈哈！濱桑，不要一直搔腳底呀！」

「沒有搔呀！很多砂子附著，所以把它拂掉。」

「要是接著舐它的話，就變成爸爸了唷！」

是關說的，接著是四、五個男的哄然大笑聲。

從我站著的地方，沙丘形成緩緩的下坡處有葦窗的茶店，聲音是從那間小店傳出來的，我與小店的距離不到十公尺。我從公司回來還穿著華駝呢的西裝，把上衣衣襟豎起，前面的釦子全都扣上，避免衣領和襯衫太顯眼，把麥稈帽子藏在腋下。然後彎腰低身跑到小屋後邊的井的背後，這時……

「好了！現在到那邊看看吧！」

在naomi帶頭下，他們陸續走出來。

他們沒發現到我，從小屋前朝沙灘走下去。濱田、熊谷、關、中村——四個男人穿著簡單的和服（譯注：浴衣，yukata），naomi夾在當中，只看清是披著黑色斗篷，穿著高高的高跟鞋。她沒從鎌倉的租屋處帶斗篷和鞋子來，那是向人借來的。有風，斗篷的衣角吧嗒吧嗒翻飛，似乎是用兩手從裡邊把斗篷緊緊纏住身體，每走一步斗篷裡凸翹的臀部就動一下。她的步伐像是酒醉的樣子，兩邊的肩膀往左右的男子靠，故意蹣跚而行。

我一直縮著身子屏住呼吸，等到跟他們距離大約六十公尺左右，白色的浴衣在遠處依稀可辨時才站起來悄悄跟在後邊，最初他們似乎沿著海岸直往「材木座」方向走，中途卻逐漸向左彎曲，越過通往街道的沙丘，他們的影子完全消失在沙丘的另一邊，我開始疾速往山丘上追趕。為什麼要這樣呢？因為我知道他們出去的路就是有許多松林的別墅街，有可以藏身的陰暗處，要是那裡，即使再靠近他們一點也不用擔心被發現。

下了沙丘，他們開朗的歌聲突然傳入我耳中。其實這也是當然的，他們在距離不到五、六步之處合唱打著拍子前行。

Just before the battle, mother,

I am thinking most of you,……

那是naomi常哼的曲子。熊谷走在前頭，揮著手像拿著指揮棒指揮似的，naomi還是東倒西歪，肩膀碰撞旁邊的人。被撞到的男子，就像划船一樣，從這邊跌撞向另一邊。

「嗨咻！嗨咻！嗨咻……」

「哎呀!這麼用力推會碰到牆壁呀!」

叩!叩!好像有人用手杖敲打牆壁，naomi咯咯大笑。

「來吧!跳夏威夷的草裙舞，大家邊唱邊搖屁股!」

他們於是一起開始搖屁股。

「恰恰恰恰!屁股搖得最好的是關喲!」

「那當然了!我曾經研究過。」

「在哪裡?」

「在上野的和平博覽會，萬國館不是有土人跳舞嗎?我去看了十天!」

「你真無聊!」

「什麼時候你也去萬國館看看，你一定會被誤以為是土人。」

「喂，麻將，現在幾點了?」是濱田在問。濱田沒喝酒，似乎最正常，「到底幾點了?有人帶錶嗎?」

「有呀，——」中村說，點火柴，「哇，已經十點二十分了耶!」

「沒關係，不到十一點半爸爸不會回來的，我們就繞長谷的街道一圈之後回去吧!我想以現在的裝扮到熱鬧的地方逛逛!」

「贊成！贊成！」

關大聲吼叫。

「可是這模樣走路，會被看成是什麼呢？」

「怎麼看都像女團長。」

「我是女團長的話，大家都是我的部下！」

「白浪四男！」

「那我就是辨天小和尚喲！」

「耶，女團長河合 naomi……」

熊谷以無聲電影的解說員的語氣說。

「……趁著黑夜，身披黑色斗篷……」

「夠了！夠了！那麼難聽的聲音！」

「……帶著四名惡漢，從由比濱的海岸……」

「麻將，不要再說了，不然的話！」

naomi「吧」地一聲，用手掌打熊谷的臉頰。

「啊！好痛！聲音難聽是天生的，我發不出浪花節的語調是一輩子的恨事！」

「可是，瑪麗．畢克馥當不了女團長喲！」

「那是誰？普麗席拉．狄恩（譯注：Priscille Dean，美國，一八九六～一九八七）嗎？」

「是的，是普麗席拉．狄恩。」

「啦，啦，啦！」

濱田又哼起跳舞樂，開始跳了起來。我看他踩著步子，突然要向後仰，就趕快躲到樹蔭下，但同時濱田發出「耶——」的聲音。

「那是誰？不是河合先生嗎？」

大家剎時靜下來，站住，回頭看在暗處的我。我心想「完了！」已經來不及躲開。

「是爸爸桑？不是爸爸桑嗎？在那裡做什麼呢？來跟大家一起吧！」

naomi突然不客氣地走到我的前面，伸出手搭在我肩膀，斗篷在那一瞬間打開了，她斗篷下一絲不掛。

「妳這是什麼？丟我的臉！騷貨，賤女人！」

「啊！哈哈哈！」

笑聲裡充滿酒味，以往，我從未見過她喝酒。

16

naomi欺騙我計謀的一部分，在那晚和第二天，我花了二天時間總算從倔強的她口中問出來了。

依我的推測，她想來鎌倉果然是想和熊谷玩。說扇谷有關的親戚，根本是謊言，就連長谷的大久保別墅其實是熊谷叔父的家。不！不僅如此，連我現在租借的獨棟房子，其實也是靠熊谷的幫忙。這盆栽店老闆出入大久保家，熊谷抗議後要如何收拾呢？要之前住的人退出去，讓我們住進來。不用說，那是naomi和熊谷商量之後做的，說杉崎女士的斡旋啦，東洋石油的高級幹部什麼的，完全是naomi的胡謅。也因為這樣子，她自己進行得很順利。依盆栽店老闆娘的說法，她第一次來看房子時和熊谷「少爺」一起來的，不僅舉止就像是「少爺」一家人，而且之前也這麼吹噓，因此順利地拒絕之前的客人，把房子空出給這邊。

「老闆娘！讓您無端受到牽連，真是非常抱歉，把您知道的事跟我說好嗎？任何情況我都不會說出您的名字。我絕不會就此事責備熊谷。只想知道事實。」

第二天我向公司請假，這是我從未有過的。嚴密監視 **naomi**，加重語氣對她說「絕對不可以走出這房間一步」，把她的衣服、褲、襪、錢包全部拿到主屋，在其中一室詢問老闆娘。

「怎麼樣?是不是從很早以前，我不在時兩人就往來呢?」

「是的，經常這樣。有時是少爺來，有時是小姐去……」

「大久保先生的別墅有誰在呢?」

「今年大家都回到老家，雖然有時候來，不過經常只有熊谷少爺一個人。」

「熊谷的朋友怎麼樣?那些人有時候來嗎?」

「是的，有時候來。」

「那是熊谷帶他們來的，還是各自隨意來的呢?」

「這個嘛。」

——這是我事後才察覺到的，那時老闆娘似乎非常困擾的樣子。

「……有單獨來的，也有和少爺一起來的，情況都不一樣……」

「除了熊谷，還有人單獨來的嗎?」

「那個叫濱田的先生，然後其他人，也有單獨來的……」

「那時候都約在哪裡呢？」

「不，大都在家裡談話。」

我感到最不解的就是這一點。如果naomi和熊谷行跡可疑，為什麼還找人來當電燈泡呢？他們單獨來訪，naomi和他們聊天，這是怎麼一回事？如果他們目標都在naomi身上，為什麼不會吵架呢？昨晚四個男人不是玩得那麼好嗎？這麼一想我又不懂了，甚至於連naomi和熊谷是否行跡可疑都覺得疑問。

然而naomi對這一點不輕易開口，堅稱自己並沒有特別的企圖，只是喜歡和許多朋友吵吵鬧鬧而已。既然這樣為什麼那麼陰險欺騙我呢？

「可是，爸爸桑那麼懷疑那些人，我會擔心呀！」

這麼回答。

「那麼說關的親戚有別墅，這是怎麼一回事？關和熊谷有什麼不一樣？」

被我這麼一問，naomi頓時詞窮無法回答。她突然低下頭來，默默地，咬著嘴唇，翻白眼瞪著我的臉。

「這樣還是麻將最可疑——關稍微好一點。」

「不要叫什麼麻將，他有名字叫熊谷！」

忍耐再忍耐的我，這時終於爆發了。

我一聽到她叫「麻將」就感到非常厭惡。

「喂！妳跟熊谷是不是有了關係！老實招來！」

「哪有什麼關係？既然那麼懷疑我，你有證據嗎？」

「雖然沒有證據，我自己可清楚！」

「怎麼知道？」

naomi的態度冷靜得很。嘴邊浮現淘氣的微笑。

「昨晚的情況，究竟怎麼一回事？妳那樣子還要辯稱是清白嗎？」

「那時大家故意把我灌醉，讓我那樣子的。——只是那樣子走出去而已呀！」

「夠了！這樣也還說是清白嗎？」

「是呀！是清白的。」

「妳能發誓嗎？」

「好呀，我發誓！」

「夠了！妳不要忘記這句話！我已經不相信妳說的任何一句話了。」

就這樣子，我沒有再跟她說話。

我擔心她跟熊谷通信，信紙、信封、墨水、鉛筆、鋼筆、郵票所有的東西都沒收，然後和她的行李一起交由盆栽店的老闆娘保管。而我不在家期間，為了不讓她外出，讓她換上一件式紅色睡衣。之後，第三天早上我裝作到公司上班，其實是離開鎌倉，在火車上苦思如何才能找到證據，最後決定首先到已經空一個月的大森家看看，如果和熊谷有關係的話，當然不是從夏天開始的。心想到大森搜索naomi的東西，或許可以找到信或什麼。

那一天搭比平常晚一班的火車，到大森的家是十時左右。我走正面的前門，用鑰匙打開門，穿過畫室，為了檢查她的房間爬到屋頂後邊，當我打開房間門，一腳踏進去的那一瞬間，我不由得「啊！」地叫出來，說不出第二句話，愣在那裡。不是濱田一個人陡然臉色大變就躺在那裡嗎！

我一進入，濱田突然臉變紅：

「啊！」

說著站起身來。

「啊！」

之後兩人以揣摩對方心意的眼神，默默地彼此對看。

「濱田……你為什麼在這裡……」

濱田嘴巴蠕動，似乎想説什麼，不過，還是沒説，默默地在我面前乞憐似地頭低低的。

「濱田……你什麼時候開始就在這裡？」

「我剛剛……剛剛才到的。」

似乎已經覺悟到無論如何逃不掉了，這次説得很清楚。

「可是這個家不是門窗緊閉嗎？你從哪裡爬進來的？」

「從後門——」

「後門應該也上了鎖呀……」

「是，我有鑰匙——」

濱田的聲音小到幾乎聽不到。

「鑰匙？——為什麼你有？」

「是naomi給的——這麼説，我為什麼來這裡你大概可以明白了吧……」

濱田靜靜地抬起頭正面注視著我啞然的臉。那表情在緊要關頭有著正直的、像少爺的氣質，不是常見的不良少年的他。

「河合先生，你今天偷偷跑到這裡來的理由我可以想像得到。我欺騙了你。而且無論怎麼樣的制裁，我都甘願接受。現在這麼說是奇怪的，不過，我早就、在沒有被你在這樣的地方發現之前，就準備坦白自己的罪行。……」

濱田這麼說著時，眼中滿是眼淚，沿著臉頰吧嗒吧嗒地掉下來。一切完全在我想像之外。我默默地，猛眨眼睛看這幅光景；縱使他的自白可以相信，還有許多地方我不能理解的。

「河合先生，請寬恕我好嗎？……」

「可是，濱田，我還是不明白。你向naomi拿了鑰匙，來這裡做什麼呢？」

「今天在這裡……在這裡和naomi約好了見面。」

「咦？和naomi在這裡見面？」

「是的……這不只是今天。到目前為止已經有過幾次了。……」

進一步追問才知道我們搬到鎌倉之後，他和naomi在這裡幽會了三次。亦即naomi在我上班之後，搭晚一班或兩班的火車到大森來。經常大概早上十點前後來，十一點半回去。因此，回到鎌倉再晚也是下午一點左右，在這段時間她到大森又回來，同住的人似乎沒發覺。濱田預定於早上十時在這裡幽會，他說剛才我上來時他誤以為是naomi來了。

對這讓人驚訝的自白，最初塞滿我腦中的除了茫然之外無他。嘴巴張得大大的合不起來——我沒辦法跟他談話——事實上是這樣的心情。我要說明，那時我三十二歲，naomi的年齡是十九。十九歲的女孩竟然這麼大膽，這麼奸黠欺騙我！naomi是這麼可怕的少女，到現在的現在，不！即使現在我也無法想像。

「你跟naomi究竟從什麼時候開始有這樣的關係？」

要不要原諒濱田是其次的問題，我心中充滿想追根究柢、了解事實真相的念頭。

「那是相當早之前就開始的。大概你還不認識我的時候——」

「我是什麼時候遇到你的呢？——那是去年秋天，我從公司回來，你和naomi站在花壇聊天那一次？」

「是的，大約一年了。——」

「那麼，是從那時候就？——」

「不！比那更早之前就開始。我從去年三月開始學鋼琴，到杉崎女士住處，在那裡第一次認識了naomi。之後不久，大概過了三個月——」

「那時在哪裡見面？」

「也是這裡大森的家。早上，naomi不出去上班，單獨在家寂寞，要我來家裡玩，最初是這種心情去拜訪的。」

「那是naomi邀你到家裡的？」

「是的。我完全不知道還有你這個人的存在。naomi說自己的娘家是鄉下地方，親戚到大森來玩，跟你是表兄妹的關係。當我了解不是那樣的關係的是，你第一次來參加舞會時。可是我……那時候已經沒辦法改變什麼了。」

「naomi今年夏天想到鎌倉是跟你商量的結果，不是嗎？」

「不！那不是我，勸naomi到鎌倉的是熊谷。」

濱田說，突然加重語氣：

「河合先生，被騙的不只是你，我也被騙了！」

「……那麼naomi跟熊谷是……」

「是的，現在對naomi最為所欲為的男人就是熊谷。我很早就察覺到naomi喜歡熊谷。可是我做夢也沒想到她一方面跟我有關係，竟然和熊谷也那樣子。加上naomi說，自己喜歡和男的朋友嘻嘻哈哈，沒有別的意思，我也就相信了……」

「啊！」

我嘆口氣說。

「那是naomi的伎倆呀！她也這麼告訴我，我也相信了。……那你是什麼時候發現她和熊谷有那樣的關係？」

「那是那個下雨的夜晚，大家曾在這裡睡在一起吧！是那一晚我發現到的。……那晚，我真的同情你。那時兩人曖昧的態度，無論如何不會覺得沒什麼。我自己也感到嫉妒就越能體會你的心情。」

「那、你說那晚你發現到的，是單從兩人的態度推測、想像的呢？……」

「不！不是的。有事實證實想像的。黎明時候，你還睡著似乎不知道；我睡不著，朦朧之間看到他們兩人接吻。」

「naomi知道被你看到了嗎？」

「知道。我之後跟naomi說了，要她無論如何要切斷和熊谷的關係。我討厭被玩弄，既然這樣我不娶naomi……」

「娶naomi？……」

「是的。我向你告白兩人的戀情，準備娶naomi當自己的妻子。naomi說你是明理的人，我想說出我們的痛苦心情，您一定可以了解的。事實如何不知道，但是依naomi的說法，你只抱著教育naomi而養育她，雖然同居，但並沒有非結為夫婦不可的約定。而且還說你的年紀和naomi相差很多，即使結婚能否幸福過日子都不知道……」

「naomi說過這樣……這樣的話？」

「是的，說過。好多次跟我強烈的約定，她說最近會跟您說，和我結為夫婦，請再等一下。而且還說要切斷和熊谷的關係。然而一切都是謊言。naomi一開始就沒打算和我結為夫婦。」

「naomi是否也和熊谷有這樣的約定呢？」

「這我就不知道了，我想或許也一樣吧！naomi的個性喜新厭舊，熊谷也認為反正玩玩，不當真的，那個男的比起我狡猾得多了……」

不可思議的是，我一開始就不憎恨濱田，聽他這些話，反而產生類似同病相憐的心情。也就更憎恨熊谷。強烈感到熊谷才是我們兩人的共同敵人。

「濱田，我們總不能一直在這裡聊，看看在哪邊吃飯慢慢聊吧！我還有許多事想問你哪！」

我邀請他，西餐店不太適合，就帶他到大森海岸的「松淺」。

「河合先生今天公司也請假嗎？」

濱田的語氣不像先前激動，似乎多少卸下重擔，以融洽的口吻找話題說。

「是呀，昨天也請假。公司方面這陣子碰巧又很忙，不上班覺得不好意思，可是從前天開始一個頭兩個大，根本做不了事。……」

「naomi知道你今天會去大森嗎？」

「我昨天一整天待在家裡，不過今天說要去公司而跑來這裡。那個女的，或許多少察覺到也說不定，應該沒想到我會到大森來吧！我想，要是搜尋她的房間或許可以找到情書，所以臨時起意跑來了。」

「這樣子啊？我不認為是這樣！以為是為抓我而來的。如果是這樣，naomi會不會跟在後邊來呢？」

「不會，放心好了……，我不在家時，把她的衣服、錢包都沒收了，讓她邁不出門外一步。那樣子就連門口都出不了呀！」

「嘿？是怎麼個樣子呢？」

「你也看過吧！那一件桃色皺皺的睡衣？」

「哦，那件啊！」

「只有那一件，此外就連細腰帶也沒繫，所以安心哪！有如猛獸被關進籠子裡。」

「可是，剛才那裡要是naomi來了怎麼辦？不知道會鬧出什麼事來哪！」

「你究竟跟naomi約今天什麼時候見面呢？」

「是前天——被你發現的那一晚。我那一晚纏著她，或許是為了討好我，naomi說以後到大森來吧！當然我也不好，我應該和naomi絕交，否則和熊谷吵架是理所當然的，可是，我辦不到。自己也覺得卑屈，太懦弱，就這樣拖泥帶水和他們交往。所以雖然說被naomi騙了，也是自己的糊塗呀！」

我總覺得好像是在說自己被帶到了「松淺」的包廂，看到坐在對面的他，甚至覺得這個男的好可愛。

17

「濱田，你老實跟我說，我感覺非常好，來乾一杯吧！」

我說著，舉杯。

「那河合先生是已經原諒我了？」

「沒什麼原諒不原諒。你被naomi騙了，也不知道我跟naomi的關係，所以完全無罪。就什麼都不要想了！」

「謝謝！這麼說我就放心了。」

濱田看來還是覺得難為情，勸他酒也都不喝，常頭低低的，有所顧慮似的，偶爾插話。

「怎麼說呢，很失禮，請問河合先生跟naomi小姐是不是親戚的關係？」

濱田過了一下子，似乎想到什麼，這麼說之後，輕輕嘆口氣。

「不是，沒有親戚關係。我是宇都宮出生的；她是純正的江戶人，娘家現在也還在東京。她想上學，因家庭緣故上不了學，我覺得可憐，十五歲時我領養了她。」

「那麼現在是已經結婚了。」

「是的。得到雙方父母的同意，正式辦完手續。那時她是十六歲，太年輕被當『太太』看待覺得怪怪的，她自己也不喜歡，所以暫時之間像朋友一樣過日子，我們有過這樣的約定。」

「真的嗎？那是誤解的根源所在。看naomi的樣子，不像是太太，而且自己也沒說，因此，我們都被騙了。」

「naomi也不好，我也有責任。我覺得世間所謂的『夫婦』沒意思，主張儘可能過不像夫婦的生活。卻變成大錯誤，以後要改善。真讓人頭痛呀！」

「這樣比較好。還有，河合先生，不談自己這麼說是可笑的；不過，熊谷是壞人，不注意不行。我絕不是恨他才這麼說的。無論熊谷、關、中村那些人都不是好東西。naomi小姐並不是那麼壞的人。是那些傢伙讓她變壞的。……」

濱田以感動的聲音說，同時兩眼又泛著淚光。這個年輕人這麼認真愛戀著naomi啊，我的心情是像要感謝他，又覺得對不起他。如果濱田不知道我和她已經是完全的夫婦關係，或許會進一步提出「把她讓給我」的要求吧！不！不僅如此，即使現在我要是放棄她，他馬上會說「我要她」吧！這個年輕人眉宇之間洋溢著讓人覺得可愛的熱情，因此他的決心不容置疑。

「濱田，我依你的忠告，兩、三天之內好歹做個處置。而naomi和熊谷真的分手就行，如果沒有，即使在一起一天也不愉快……」

「不過，不過，請不要捨棄naomi小姐！」

濱田突然插嘴。

「如果被你捨棄，naomi小姐一定會墮落，naomi小姐沒有罪……」

「謝謝！真的太感謝了！我對你的善意不知多高興，說來我從她十五歲時就照顧她，即使被世人嘲笑，也絕不會有放棄的念頭。只是那個女的個性倔強，我現在只想著如何巧妙地切斷她和壞朋友的關係。」

「naomi小姐很固執。要是因為小事情突然吵起架來，就不可收拾，所以這地方可要小心處理，我說得有點自大。……」

我一再重複向濱田說「謝謝！」如果兩人之間沒有年齡的差距、地位的不同；如果我們從以前就是感情要好的朋友，我恐怕會拉著他的手相擁而泣也說不定。我的心情至少到那樣子的。

「濱田，以後就你一個人請來家裡玩，不要客氣！」

分手之際我這麼說。

「哦，不過暫時之間或許不會打擾。」

濱田有點支支吾吾，似乎討厭被看到臉，低下頭來說。

「怎麼了?」

「……在忘記naomi小姐這段期間……」

他說，眼中含淚，戴上帽子，說「再見！」在「松淺」前面也不搭電車，往品川方面踽踽獨行。

我之後當然去公司上班，工作什麼的都無法上手。naomi那傢伙，現在做什麼呢？穿一件睡衣丟在那裡不管，大概哪裡都出不了吧！心裡這麼想，卻又擔心放不下。我這麼說，是因為意外事件接連發生，一再被騙，因此，我的神經異常敏銳，變得病態，開始想像，臆測各種情況，這麼一來naomi這個人，具備我的智慧達不到的神通，不可思議的神力，什麼時候又跟你搞什麼，實在無法放心。或許我不在家時發生什麼事件也說不定。——草草結束公司的工作，我趕緊回到鎌倉。

「我回來了！」

我一看到站在門口的老闆娘就說。

「她在家裡嗎？」

「是的，好像在的樣子。」

這樣我就放心，

「有人來過嗎？」

「沒有，沒有人來。」

我用下巴指向偏間那裡，老闆娘眨眨眼。那時我意識到naomi在的房間，拉門緊閉，玻璃窗中陰暗，靜悄悄地，看來沒人在的樣子。

「究竟怎麼樣呢？——今天一整天都在那裡……」

哼！真的一整天在裡邊嗎？可是靜得有點離譜，是怎麼一回事？是什麼樣的表情？我還有幾分不安悄悄地上了走廊，打開獨立的偏房的拉門。下午六點剛過十分，在亮光達不到的房間深處角落裡，naomi以不雅的姿態趴著呼呼大睡。被蚊子咬，滾來滾去吧！拿出我的防水呢纏在腰間，只有下腹部處纏得好，白皙的手腳從紅色皺皺的睡衣露出來，像浮在熱水裡的白菜；這時她運氣不好，勾起我捉弄她的心。我不作聲打開電燈，一個人很快換上和服，故意把壁櫥的門弄出聲響，不曉得她聽到了沒？還是傳出naomi均勻的鼻息。

「喂，起床啦，又不是晚上……」

大約過了三十分鐘，儘管沒事，坐在桌前裝作寫信的我，終於按捺不住出聲了。

「嗯……」

我怒吼兩、三次之後她才充滿睡意地勉強回答。

「喂！起床啦！」

「嗯……」

這麼說，卻又沒有起床的樣子。

「喂！搞什麼？起床啦！」

我站起來用腳在她腰際用力搖晃。

「喂——喂——」

她應聲，先伸直細長的兩隻手，用力握緊小小的、紅色的拳頭向前伸出，打哈欠的同時撐起身子的naomi瞄了我一眼，馬上轉向旁邊，腳背、腳踝附近，背部留下點點蚊子叮過的痕跡，開始搔癢。是睡過頭了呢？或者偷偷哭過？她的眼睛充血，頭髮亂得像鬼，往兩邊的肩膀垂下。

「喂，穿上衣服，不要那樣子。」

我到主屋拿來衣服的包包，放在她面前，她一句話也沒說，板著臉孔換上衣服。之後送來晚餐，在用完餐之間，兩人之間始終沒有人說話。

在這長長的，鬱悶的互瞪之間，我一直思考著如何讓她說實話，有沒有可以讓這倔強的女人老實道歉的方法呢？濱田說的話——naomi個性倔強，因小事而吵架也會變得無法收拾——當然也留在我腦海裡。濱田會提出這樣的忠告，應該是有過實際的經驗吧！即使我自己也有過。他說，最重要的是不要激怒她，絕不要讓她鬧彆扭，絕不要吵架；雖然這麼說，我也不能被她看輕，出手不漂亮不行。還有我要是像法官的態度質問是最危險的。如果正面逼問她：「你跟熊谷有過這樣這樣的事吧！」「還有跟濱田是否也有過這樣這樣的事？」她不是會認罪回答：「是的！」的女人。她一定會反抗，堅持不知道，沒有這樣的事。這麼一來我會急躁動怒。如果這樣就完了，因此，反正質問是不好的。那麼放棄讓她吐實話的想法吧！由我說今天發生的事比較好。那麼她即使有一點倔強，也不會說不知道吧！我心想，好，就這麼辦。

「我今天早上十點左右到大森碰到濱田喲！」

先這樣子探探她口風。

「哼！」

naomi似乎大吃一驚，避開我的視線，用鼻尖這麼回答。

「然後東摸摸西摸摸就到了吃飯時間，我邀濱田到『松淺』一起吃飯！——」

naomi沒有回答。我一直注意她的表情，避免諷刺她，諄諄「教誨」；一直到說完為止，naomi一直低著頭聽。沒有不好意思的樣子，只有臉頰部分變蒼白而已。

「濱田告訴我了，我不用問妳全部都了解。所以妳不要太倔強。如果覺得不好就說我不對，只要這麼說就行了。……怎麼樣？妳、不對吧？承認妳不好吧？」

naomi硬是不回答，因此快演變成我擔心的審問的形勢，「怎麼樣？naomi。」我

的語氣儘可能溫柔，

「只要承認不對，我對過去的事完全不會責怪喲。也不是要妳雙手貼地道歉，只要發誓今後不要再犯這樣的錯誤就行了。怎麼樣？懂了嗎？不對吧？」

於是naomi選擇好時機用下巴說「嗯！」承認了。

「懂了吧？今後絕不可以和熊谷或什麼人玩！」

「嗯！」

「一定喲！約定好了？」

「嗯！」

以「嗯！」彼此保留顏面總算妥協了。

18

那一晚，我和naomi好像什麼事都沒發生說些枕邊細語，不過，老實說，我心裡並不認為已經解決了。這個女的，已經不純潔了。——這個念頭不僅存在我心中，認為是自己的寶貝的naomi價值降了一半以上。怎麼說呢？她的價值在於是我自己栽培，自己使她成為這樣的女人，只有自己知道她肉體的一切，大半的價值在這裡，亦即naomi對我而言就跟自己栽培的果實一樣。在那果實到像今天這麼成熟為止，我花了許多精神、勞力。因此，品嚐它的滋味是栽培者我當然的報酬，其他任何人應該沒有那樣的權利，然而曾幾何時被陌生人剝了皮、被咬了。而且，一旦被玷污了，她再怎麼為她的罪道歉也挽回不了。在她高貴聖潔的「肌膚」上永久烙上兩個沾滿泥濘的賊腳印。我越想就越懊惱。不是憎恨naomi，而是無限憎恨這件事。

「讓治，忍耐一下……」

naomi看我默默地哭泣，態度跟白天一百八十度大轉變，她這麼說，然而，我還是哭泣，只點點頭而已。「我會忍耐的！」嘴裡這麼說，對於無法挽回的惋惜是消失不了的。

鎌倉的夏季以這樣的結果草草結束了，不久我們搬回大森的住家；如剛說的，我的心裡有了芥蒂，很自然的會在某場合出現，之後兩人的感情就不會很和睦。表面上和解了，我其實沒有真正原諒他。去到公司也還擔心熊谷。不在家之間過於在意她的行動，每天早上故意裝作出門，卻偷偷繞到後門。她去上英語或音樂的日子，悄悄跟在後面，有時瞞著她檢查寄給她的信的內容，我的心情好像變成祕密偵探到這種程度，而naomi

是naomi，心裡似乎在偷笑我這般難纏的做法，雖然語言上不計較，卻做出不懷好意的動作讓我瞧。

「喂，naomi！」

我某晚搖晃表情冷淡裝睡的她的身體，說道：

「為什麼裝睡？那麼討厭我嗎？……」

「我沒裝睡呀！只是想睡覺眼睛閉起來而已呀！」

「那就把眼睛張開，別人跟你說話，自己閉著眼睛，沒這樣子吧？」

我這麼說，naomi沒辦法，張開一條縫，從睫毛後邊瞇眼看我的細細眼神，使得表情更為冷酷。

「喂！妳討厭我嗎？如果是的話就說出來。……」

「為什麼這麼問？……」

「我大概從妳的舉止就了解。這陣子我們雖然沒有吵架，但是心底彼此交鋒。這樣我們還是夫婦嗎？」

「我可沒有，那是你自己在戰，不是嗎？」

「彼此彼此，妳的態度無法讓我安心，所以我才會以懷疑的眼光……」

「哼！」

naomi鼻尖出現諷刺的笑打斷我的話。

「那我問你，我的態度有什麼奇怪的地方嗎？有的話拿出證據給我看！」

「那可沒什麼證據……」

「沒證據還懷疑，你這樣不是很無理嗎？你不相信我，不給我身為妻子的自由與權利，卻想過像夫婦的生活，這是不行的呀，讓治，你以為我什麼都不知道？偷看別人的信，像偵探一樣跟蹤……我都知道的唷！」

「這我也不對，不過，這也是因為有以前發生的事，神經變得過敏。妳不體諒是不行的。」

「那究竟要怎麼辦才好呢？以前的事不是約定好不說了嗎？」

「能夠讓我的神經穩定下來，妳能打從心底和解，愛我的話就行了。」

「這樣你必須相信我呀……」

「好，相信呀，今後一定相信。」

在這裡我必須坦白說出男人的卑鄙，白天還好，到了晚上我老是輸給她。與其說輸給她，是我心中的獸性被她征服了。老實說，我還沒辦法相信她，儘管如此我的獸性卻盲目的強要她投降，讓她捨棄一切，妥協。亦即naomi對我而言已經不是最貴重的寶貝，也不是崇拜的偶像，而是一個娼婦。她身上既沒有戀人的清純，也沒有夫婦的情愛。那樣的東西像從前的夢消失無蹤！既然這樣，為什麼還迷戀這不貞的、污穢的女人呢？完全是她肉體的魅力，被它牽引著。這是naomi的墮落，同時也是我的墮落。怎麼說呢？因為我拋棄身為男人的節操、潔癖、純情，捨棄過去的驕傲，屈身於娼婦之前，而且不以為恥。不！有時候對於那應該卑視的娼婦姿態，我甚至像仰望女神般崇拜。

naomi對我這個弱點了解得太透徹了。——自己的肉體對男人而言是難以抗拒的誘惑、一到晚上就能打敗男人——開始有這意識的她，白天表現出令人意料的冷淡態度。充分表現出「對在這裡的一個男人而言賣的是自己的『女人』，此外對這個男的既無興趣亦無關係。」那樣的態度，有如路人般冷冷地與自己無關，偶爾我跟她說話也不好好回答。除非必要的場合，也只是回答「是」或「不是」。對她這樣的態度，我只認為是她消極地反抗我，表現出對我極度的侮蔑。「讓治，無論我多麼冷淡，你沒有生氣的權利。你從我這裡取得只想取得的東西不是嗎？因此，你獲得滿足，不是嗎？」——我一到她前面，感覺被像這樣的眼神瞪著。而且，那眼睛動不動就：

「哼！多討厭的傢伙！這傢伙是像狗一樣下流的男人。沒辦法只有忍耐。」

露出這樣的表情讓我看。

可是，這種狀態應該無法持久。兩人彼此探尋對方的心，繼續陰險的暗鬥，都覺悟到什麼時候它一定會爆發；某晚，我……

「哪！naomi！」

以比平常特別溫柔的語氣叫她。

「哪，naomi，我們停止無聊的倔強好嗎？妳怎麼樣我不知道；但是我終究受不了呀！像這陣子這麼冷淡的生活。……」

「那麼，你想怎麼樣呢？」

「想辦法恢復真正的夫婦。妳跟我都有一半鬧脾氣，這是不行的呀，認真地找回從前的幸福，不努力是不對的呀！」

「努力？我想心情這東西是不容易改的哪！」

「或許是這樣，不過，我想有兩人能變幸福的方法。妳要是同意就行了……」

「什麼方法？」

「妳願意為我生小孩，當母親嗎？即使一個也行，只要有了小孩，我們一定能成為真正意義的夫婦呀！會幸福的。拜託妳，聽聽我的請求！」

「我不要！」

naomi馬上斷然拒絕。

「你不是說，我不要生小孩，一直都保持年輕像少女一樣。夫婦之間有了小孩比什麼都可怕等的話嗎？」

「也有過那麼想的時候，不過……」

「那是你不像以前那樣愛我，不是嗎？我再怎麼老、變污穢都無所謂，不是嗎？不！一定是這樣，你不愛我了！」

「妳誤解了，以往我像朋友一樣愛妳。但是，今後以真正的妻子愛妳。……」

「這樣你認為就能恢復像從前的幸福嗎？」

「或許不像從前那樣，不過，真正的幸福……」

「不！不！那樣的話我不要！」

她說，我話還沒說完她就搖頭。

「我要像從前那樣的幸福。否則就什麼都不要。說好這樣，我才來你這裡。」

19

naomi無論如何討厭生小孩的話，我還有一個手段，那就是結束大森「童話之家」，找正常的，一般的家。我憧憬單純生活的美名，住在這麼奇妙的、極不實用的畫家的畫室；然而，使我們的生活墮落的確實也是這個家的關係。這個家住著年輕夫婦，也沒有女傭，反而彼此都很任性，單純的生活變得不單純。散漫，也是不得已的。因此為了監視我不在家時的naomi，我決定找一個小廝和一個燒飯的。搬到主人夫婦和兩個女傭可以住得下的，不是所謂「文化住宅」而是純日本式，適合中流紳士的家。賣掉目前使用的西洋家具，全部換上日本式的家具，為了naomi特別買一臺鋼琴。這樣她學音樂可以請杉崎女士到府授課，英語方面也可以請哈里遜小姐來家裡，自然她就不會有外出的機會。實施這計畫需要一筆錢。向老家說明，等一切準備妥善才讓naomi知道，我抱著這樣的決心，單獨找尋新家、看家具等，相當辛苦。

老家說先寄這些過去，那是一千五百圓的匯票。我也拜託幫忙找女傭，母親親手信跟匯票放在一起：「女傭有很適合的，家裡使用的仙太郎的女兒阿花，今年十五歲，她的話你也了解，她個性可以放心使用吧！煮飯的女傭再找一找，新家決定之後再讓她上京。」

naomi可能感覺到我偷偷在計畫什麼吧！以「看你在玩什麼把戲」的心情觀察，剛開始冷靜得異常。然而，母親的信寄來後兩、三天的一個夜晚……

「哪，讓治，我想要洋裝，可以為我訂做嗎？」

突然，她以撒嬌的聲音說，反而覺得像諷刺。

「洋裝？」

我愣了一下，一直注視著她的臉，察覺到：「好呀！這傢伙知道匯票寄來了，所以試探我！」

「哪！好嘛，不是洋裝，和服也可以呀！準備冬天到別的地方穿的。」

「我暫時不買那樣的東西。」

「為什麼？」

「衣服不是多得不得了嗎？」

「雖然很多，穿膩了又想要了呀！」

「絕對不允許那麼奢侈。」

「嘿？那麼那些錢要怎麼用？」

她終於露出馬腳了！我佯裝不知：

「錢？哪裡有什麼錢？」

「讓治，我看過書箱下的掛號信了呀，讓治隨便看人家的信，所以我想這樣子應該也沒關係——」

我感到意外。naomi談到錢，我只想到她看到有掛號信猜想會裝有匯票，至於看我藏在書箱下信的內容，完全出乎我意料之外，不過，一定是naomi想要找出我的祕密，所以搜尋我藏信的地方，看到了，那麼匯票的金額，搬家的事，女傭等一切都應該知道了吧！

「我想有那麼多錢，幫我做一件衣服可以吧。——呢，你什麼時候怎麼說的？你忘記你說過：為了妳住在再怎麼狹窄的家，多麼不方便都能忍耐。拿那些錢儘可能讓妳過得奢華。你跟那時候完全不一樣。」

「我愛妳的心沒有改變，只是愛的方式改變而已！」

「那，搬家的事為什麼瞞著我？什麼都沒跟人商量，準備命令式地做？」

「找到適當的家，當然會跟妳商量……」

我的語氣緩和，想讓事情平息下來。

「哪！naomi，說到我真正的心情，我現在也想讓妳過得奢華呀！不只是衣服，住家也要住在相當好的家，妳生活的全部，讓妳提升像更高貴的太太。那麼妳就不會有什麼抱怨的了；不是嗎？」

「真的？那就謝謝啦……」

「那麼明天就跟我一起去看房子怎麼樣？房間數比這裡多，妳要是有喜歡的家，哪裡都行！」

「這樣的話，我要洋房，日本式房子真是夠了。——」

我窮於回答之際，她露出「你看嘛！」的表情，像嘴裡咬著東西要吐出來似地說。

「女傭，我請淺草的家幫忙我。我拒絕那麼鄉下的傭人，因為是我要用的女傭。」

像這樣的爭吵隨著次數增加，兩人之間的低氣壓越來越沉重，一整天都不開口的日子也是常有的；最後爆發的是搬離鎌倉之後兩個月，十一月初旬，我發現了naomi沒和熊谷斷絕關係的鐵證。

我想沒必要在這裡詳細說明我發現的過程。我早就為搬家做準備，又直覺地naomi行蹤可疑，因此例行的偵探行動並未鬆懈，有一天她和熊谷大膽地在大森家附近的曙樓幽會回來，我終於按捺不住了。

那一天早上，naomi的化妝比平常豔麗，我感到可疑，離開家後馬上折返躲在後門小儲藏室炭堆後邊（因為這樣子，那段期間我向公司請假）。到了九時左右，儘管今天不用上課卻打扮得漂漂亮亮出門，加快腳步不往停車場的方向，卻朝相反方向走，我等她走三、四十公尺之後趕快跑回家，抓出學生時代用的斗篷和帽子，在洋服上披上斗篷，赤腳穿木屐跑出門，遠遠地跟蹤naomi。她進入曙樓，大約十分鐘後我確實看到熊谷也到那裡，我等候他們出來。

他們回去時也分開行動，這次是熊谷留下，naomi先走一步。大約是十一點左右，出現在大馬路。——她跟來時一樣，從那裡到自己的家大約一千多公尺，頭也不回一直走。我也逐漸加快腳步，她打開後門進入，不到五分之後我也進去。

進去那一剎那我看到的是，呆滯、有一種淒慘感覺的naomi的眼睛。她在那裡站得直直的瞪著我；她腳下散落著我剛才脫下的帽子、外套、鞋子、襪子。因此她一切都明白了吧！反射著畫室燈光的她的臉，在天氣晴朗的秋天早上，有著有如一切都放棄的深深的寂靜。

「給我滾出去！」

只有一句，連自己的耳朵都轟然作響的怒吼，我沒說第二句、什麼也沒說。兩人有如拔刀相對，兩眼瞪得大大的找尋對方的空隙。那一瞬間，我覺得naomi的臉實在很美。我了解到女人臉上憎恨男人會變得漂亮。唐荷西由於越憎恨卡門越覺得漂亮，所以殺了她，這心境我非常了解。naomi視線不動，臉上的肌肉動也不動，失去血色的嘴唇緊閉站著、那姿態如邪惡的化身。——啊，那是完全暴露出淫婦面貌的形相。

「滾出去！」

我再一次大吼當兒，被不明的憎恨、恐怖與美麗驅使，使勁抓住她的肩膀，往出口處推出去。

「滾出去！給我滾出去！」

「原諒我……讓治！以後……」

naomi的表情驟然改變，聲音哀怨顫抖，眼眶含淚，趴地一聲跪下來請願似地仰望我的臉。

「讓治，是我不好，請原諒我！拜託、拜託……」

我沒想到她輕易請求我原諒，驚訝之餘反而更氣憤。我緊握雙拳連續毆打她。

「畜生！狗！不是人！妳已經沒用了！我說滾出去還不滾！」

naomi當下似乎察覺到「這樣失策了！」突然改變態度，忽地站了起來。

「好！我、我出去了！」

語氣跟平常一樣。

「好！馬上出去！」

「好！我馬上走——我到二樓拿更換的衣服，不行嗎？」

「妳馬上回去，我會派人把行李全部送過去！」

「可是，這樣不行呀！我現在馬上有一些要用的東西。」

「那就隨妳了！要快點啊！」

我看得出naomi以為我說馬上送行李過去是一種恐嚇，我不想輸她才這麼說，她上了二樓把那裡全部翻遍、籃子、包袱巾，打包了好多行李，自己叫了人力車放到車上。

「祝你愉快，打擾多時了！」

出去時這麼說，她的辭行乾脆到極點。

20

她的車子一離開，我不知有何目的馬上拿出懷中手錶，看時間，剛好是午後零時三十六分。……剛才她從曙樓出來是十一時，之後經過那樣的大吵架一下子形勢丕變，剛才還站在這裡的她已經不在了。這之間僅僅一小時三十六分鐘。……人常常當自己看護的病人嚥下最後一口氣時，或者遇到大地震時，會不自覺地看錶；我那時突然拿出錶來看大概也類似那樣的心情吧！大正某年十一月某日午後零時三十六分——自己在這一天這時刻，終於和naomi分手了。自己和她的關係，這時刻或許宣告終焉。

「首先放下心中的重擔了！」

總之，這陣子的暗鬥，已經筋疲力盡了，我這麼想的同時頹然坐到椅子上，茫茫然。當下的感覺是「感謝！總算解脱了！」的輕鬆心情。我這麼説不只是精神的疲勞，連生理方面也覺得疲勞，想好好休養，毋寧是我肉體方面強烈的要求。譬如naomi是非常強烈的酒，儘管知道無論那種酒喝太多都會中毒，可是每天聞到那芳醇的香氣、看到美酒盈杯，我還是忍不住要喝。喝得多，體內的酒精比率節節上升，倦怠、慵懶、後腦門像鉛一樣重，突然站起來會感到暈眩，好像要往後倒下去。而且常宿醉，胃不好、記憶力衰退，對所有事情都沒興趣，像病人一樣沒精神。腦中儘是浮現奇妙的naomi的幻影，它有時像打嗝塞在胸口，她的體味、汗水、脂肪經常讓人厭煩。因此，「眼見為毒」的naomi不在，心情就可能進入梅雨季的天空驟然變晴朗的感覺。

然而，如剛剛說的那完全是當下的感覺，老實說，那種輕鬆的心情只持續了大約一小時。難道是我的肉體還是相當頑強嗎？只有一個小時左右疲勞不可能消除，然而是因為坐在椅子上休息了一下吧！不久，浮上心頭的是剛才naomi吵架時異常漂亮的容貌。是「憎恨男人才變得那麼漂亮」的，那一剎那的她的臉。那是我憎恨到即使刺死她仍然意猶未足的淫婦之相，永遠烙到腦中，即使想抹掉它，卻不會消失；不知怎的隨著時間的消逝更鮮明呈現眼前，感覺現在也瞪大眼睛注視著我，而且憎恨逐漸轉變為無盡的美。想想她的臉洋溢著那麼妖豔的表情，是我以往從未見過的。無疑的那是「邪惡的化身」，同時她的身體和靈魂具有的一切的美，在最高潮時表現出來。我剛才吵架吵得最厲害時不自覺的被那種美感動，心裡大叫「啊多美啊！」為什麼那時候沒在她腳下跪下來呢？經常是溫和沒脾氣的我，再怎麼憤怒怎麼能夠面對那可怕的女神，罵得那麼凶，舉得起手來呢？自己是從哪裡產生那麼粗暴的勇氣呢？——現在我更覺得不可思議，甚至逐漸湧上憎恨那粗暴與勇氣的情緒。

「你真是糊塗呀！做了非常不對的事。即使只一點點的不好，想拿它跟『那張臉』換嗎？今後這世間見不到第二次那種美的啦！」

我開始覺得有人這麼告訴我，是的，自己確實做了無聊的事。「平常一直注意不要讓她生氣，造成這樣的結果，一定是著了魔」，這樣的想法不知從哪裡抬頭了。

一小時之前，覺得她是那麼大負擔，詛咒她存在的我，為什麼現在反而詛咒自己，後悔自己的輕率？那麼討厭的女人，為什麼又變得這麼想念她呢，我自己也無法說明這麼急劇的心理變化。恐怕只有戀愛之神才知道的謎吧！我不知何時站起來，在房間裡來回踱步想了很久，怎麼樣才能治癒這愛慕之情呢？然而再怎麼想也想不出治療的方法，只想著她的美。過去五年之間共同生活的各種情景，啊，接連浮現那時候是這麼說、那樣的臉，那樣的眼睛，那莫非是戀愛的種子？尤其讓我忘不了的是，她十五、六歲姑娘時候，每晚讓我進西洋浴室幫她洗身體。然後我當馬，她騎在背上「嗨！嗨！走！走！」在房間裡繞著玩。——為什麼對那麼無聊的事會那麼懷念呢？實在有點蠢，可是，今後如果她再一次回到我這裡的話，我首先想做的是再玩一次那時的遊戲看看。再讓她騎在背上，在這房間裡爬。要是可以的話，我不知道有多高興，想著想著有如這件事是最幸福的。不！不只是想像，我懷念她之餘，不自覺地趴在地板上，宛如她現在坐在我背上，在房間裡繞來繞去。然後，我——寫在這裡真是丟臉到極點——上二樓，拿出好多件她的舊衣服，背在背上，兩手戴著她的足袋，又趴著在房間裡爬來爬去。

這個物語從開頭看的讀者大概還記得吧！我有一本紀念冊題著「naomi的成長」。那是我詳細記錄帶她入浴室、幫她洗身體時，她四肢日益發達的情形，亦即從少女的naomi逐漸變成大人——像專家似的把它記錄下來的一種日記簿。我回憶那日記四處貼著當時naomi的各種表情，所有姿態、變化的照片，我把長久之間沾滿塵埃的那本簿子，從書箱底下抽出來，依順序一頁一頁地翻，以慰思念之苦。那些照片除了我以外絕對不讓人看，所以自己沖洗，可能是水洗得不完全，現在長出像雀斑的斑點，有的已有些歲月，有如舊畫像朦朦朧朧的，不過，反而增加懷念之思，感覺像已經是十年、二十年前的事……有如回憶幼年時期遙遠的夢。那裡有著她那時候喜歡穿的各種服裝或裝扮，有奇異的、輕快的、奢華的、滑稽的，幾乎都沒遺漏拍下來。某一頁有穿天鵝絨的背心，男裝打扮的照片。翻到下一頁則是以薄紗布纏身如雕像佇立之姿。又下一頁是穿著閃閃發光的緞子短外褂配上緞子的衣服，細帶把胸束得高高的，緞帶襯領的樣子。此外還有各種多表情動作或模倣女明星的照片——瑪麗．畢克馥的笑容，洛莉亞．史璜森

（譯注：Gloria Swanson，美國一八九七～一九八三）的的眸子，寶拉奈格莉的凶悍、貝貝・丹妮爾絲（譯注：Bebe Danlels美國，一九〇一～一九七一）的俏皮，有生氣的、嫣然一笑的、失望的、恍惚的，翻閱翻閱之間她的臉或身體動作的各種變化無不訴說，她對這方面的敏感、聰明、靈敏。

「真是荒唐！我讓了不起的女人跑掉了！」

我的心狂亂、惋惜之餘頓足，繼續翻閱日記，還有各色各樣的照片。拍攝手法越精細，有局部特寫，連鼻子形狀、眼睛的樣子、唇形、手指、手腕的曲線、肩膀的弧度、背部曲線、腳的曲線，手腕、足踝、手肘、膝蓋、腳底都拍了，有如拍攝希臘的雕刻或奈良的佛像。naomi的身體都成了藝術品，在我眼中實際比奈良佛像更為完美，仔細端詳甚至湧現宗教性的感動。啊，我究竟做何打算會拍下這麼精細的照片？可曾預料到這些有一天會成為悲傷的紀念嗎？

我懷念naomi的心以加速度進行。天已經黑了，窗外星星閃爍，甚至覺得有點寒意，我從早上十一點開始沒吃飯、未起火，連開燈的力氣也沒有，在暗下來的家中爬上二樓又下來，「糊塗！」說著，自己打自己的頭，面向有如空室、靜悄悄的畫室牆壁大喊「naomi、naomi」，繼續呼喊她的名字，最後以額頭擦撞地板。無論如何，不管怎樣非把她找回來不可。我絕對無條件在她面前投降。她說的、想要的，一切我都順從。……即使如此，然而現在她在做什麼呢？帶那麼多行李，一定是搭車從東京車站去的吧！這樣的話，到淺草家應該有五、六個小時了。她會對娘家的人，老實說出被趕出去的理由嗎？或者好勝的個性，會說一時離家出走，把姊姊、哥哥弄得滿頭霧水呢？她很討厭被說娘家在千束町從事下賤工作，她是那裡的女兒，把父母、兄姊當成無知的人看待，很少回娘家。——在這不和諧的家人之間，現在正談論如何善後嗎？姊姊或哥哥當然說，去道歉，naomi強硬到底「我不可能去道歉的。誰去幫我把行李拿回來？」然後做出完全不擔心的樣子，以平常的表情開玩笑，擺出高氣焰、夾雜英語、炫耀時髦的衣裳或所帶的東西，有如貴族的公主訪問貧民窟，舉止囂張，不是嗎？……

然而，naomi再怎麼說，總之事件是事件，必須有人趕快過來不可……如果當事人說「不會去道歉什麼的！」的話，姊姊或哥哥代替前來……或者naomi的父母、兄弟誰也不願意以親人身分擔心naomi？有如naomi對他們冷淡那樣，他們也從以前就對naomi不負任何責任。「那個孩子一切交給你了！」把十五歲的女兒託給我，表現出隨你愛怎樣就怎樣的態度。因此，這次也會由naomi自由發揮、不管吧？如果那樣也不會有人專程來拿行李了，不是嗎？雖然我說「回去之後馬上派人來，我會把行李全部交給他。」

到現在不見人來，是怎麼回事？更換的衣服和手邊的東西儘管帶走了，但是，她視為「僅次於生命」的盛會時穿的衣服還留有幾套。反正她在那貧賤的千束町一天也待不了，每天一定會以讓左鄰右舍驚豔的時髦打扮出去逛逛吧！這麼一來衣裳更是必要，要是沒有會受不了吧。……

然而，那一晚等到天黑不見naomi派人來。我一直到天暗下來都沒開燈，出去看看門牌是不是掉了？搬椅子到門口等不知幾小時聽戶外的腳步聲；八點，九點，十點，到了十一點……終於從早上起過了一天沒有任何訊息。陷入徹底悲觀的我，又產生種種無來由的臆測。naomi沒有找人來，或許證明是認為事件不嚴重，兩、三天之後就解決了，可能是沒擺在眼裡！「沒問題的！對方戀著我，沒有我連一天都受不了，一定會來接我的！」正運用策略不是嗎？她自己已經過慣奢侈的日子，知道沒辦法在老家那樣的環境中生活。即使到其他男人那裡，也不會有人像我這麼重視她，隨她高興。naomi這傢伙對這樣的事了解得非常清楚，口氣硬，等人去接她吧！或者明天早上，姊姊或哥哥就會來調解了？說不定夜晚忙著做生意，不是早上出不了門。總之沒有人來反而還有一縷希望。如果明天還沒有消息，我再去接。這麼一來就志氣、名譽什麼都沒了，本來我自己也因志氣失敗過。即使被娘家的人笑，被她看破手腳，反正去道歉再道歉，拜託姊姊、哥哥幫忙說說好話，重複百萬遍說：「這是我最誠懇的請求。」這麼一來她有了面子，會大搖大擺地回來吧！

我幾乎未曾闔眼過一夜，等到翌日午後六時左右，還是沒任何訊息，我已經受不了，離開家急忙往淺草趕過去。希望早一刻見到她，只要看到臉就放心了——所謂熱戀，說的就是那時候的我吧！我心中除了「見她看她」的念頭之外別無其他。

大概是七時左右抵達在花商後邊、錯綜複雜的巷弄之中的千束町的家！感覺相當難為情，我悄悄拉開格子門，站在土間小聲說：

「我從大森來的，naomi在家嗎？」

「哦，河合桑！」

姊姊聽到我的聲音從旁邊的房間探出頭來，表情非常驚訝，說：

「耶，naomi嗎？——不在！」

「那就奇怪了，應該不會沒來吧，昨夜說要來這裡就出門了。……」

21

最初我猜想是她姊姊配合她把她藏起來，費了一些口舌，拜託她，後來慢慢了解naomi似乎真的沒有來這裡。

「這就奇怪了……她帶著很多行李，那樣子能夠跑到哪裡呢？……」

「耶，她帶著行李？」

「箱子、皮包、包袱巾，帶了相當多。其實我們昨天為了小事稍微吵了一下……」

「她本人說要來這裡？」

「不是她本人，是我說的呀！我說現在馬上回淺草，派人過來。——我想有哪一位來的話，事情比較清楚。」

「這樣子啊……可是，沒來我們這裡呀！發生這樣的事或許會來，可是……」

「可是，你從昨晚開始就不知道了！」

在我們談話之間她哥哥也出來，說道。

「哪個地方？心中有譜的話到別的地方找找看。到目前為止，沒來，沒回到這裡呀！」

「而且，naomi根本就不回家，那是什麼時候，根本不記得了——已經兩個月沒見面了喲！」

「對不起，如果來這裡的話，不管她本人說什麼，請趕快通知我。」

「好的，我現在對那孩子不會有什麼想法，來的話馬上通知。」

我坐在橫框上，喝著澀澀的茶，暫時束手無策，聽到妹妹離家出走也不擔心的姊姊和哥哥，我在這裡訴衷情也於事無補。我再三強調，萬一她繞到這裡來，無論什麼時候，如果是白天請打電話到公司來。這陣子有時向公司請假，要是不在公司，請馬上打電話到大森。一接到電話我會馬上來接，在這之前不要讓她到別的地方去，等等，反覆拜託，即使這樣總覺得這些人懶散靠不住，小心起見還告訴他們公司的電話號碼，看這樣子大森家的地址可能還不知道，於是詳細寫給他們才出來。

「怎麼辦呢？跑到哪裡去了呢？」

我幾乎要哭出來了！——不，事實上我或許已經哭了。

走出千束町的巷子，我毫無目的在公園中走來走去思索著，她既然沒回娘家，看來事態比預料的嚴重。

「那一定是去熊谷那裡，一定逃到他那裡去了！」我想到這裡，想起naomi昨天出去時說：「這樣我也麻煩，現在馬上有一些需要用的東西。」不錯，被我料到了。沒錯，應該是這樣，準備到熊谷那裡，才帶那麼多行李去。或許以前兩人就商量好，怎麼樣時怎麼辦。如果這樣就相當麻煩。第一，我不知熊谷家在哪裡。這查一下就會知道，但是那傢伙不可能把她藏在父母的家吧！那傢伙儘管不良少年，父親似乎是相當有地位的人，不會允許自己的孩子做出壞事吧！他也離開家，兩人藏在哪裡呢？拐了父母的錢，游手好閒，不是嗎？如果能弄清楚是這樣也好。那麼我就和熊谷的父母親談判，要他們嚴加干涉，即使他不聽父母的話，錢用完了兩人就無法生活，最後他會回自己的家，naomi就會回到我這裡。結果大概是這樣吧！在這之間自己的辛苦呢？——那是一個月就夠了吧？或者需要兩個月、三個月，或者半年呢？——不！要是這樣就慘了。要是這樣，她漸漸就會不想回家，說不定又會有第二個、第三個男人。所以也不能拖拖拉拉的。這樣子分開跟她的緣會變薄，她時時刻刻會想遠離，我來抓給妳看，妳想逃就逃得了嗎！我無論如何要把妳抓回來！臨時抱佛腳——我對神沒什麼信仰，但是那時突然想起來，去拜觀音。誠心祈求「早一點讓我知道naomi的住處，明天就回來吧！」然後到哪裡去呢？逛了兩三間酒吧，喝得酩酊大醉，回到大森的家已超過夜晚十二點。可是，即使酒醉腦中想的還是naomi，想睡也睡不著，這之間酒醒了，又為這件事擔心。怎麼樣才能查到住處呢?事實上熊谷是否離家出走，如果不先從他身上加以確認，要跟那傢伙的家人談判也太輕率了，這麼說除了找偵探社，沒有查證的方法……左思右想的結果，突然想到了濱田。還有濱田，我大意忘了他，那個男的是我這邊的。我在「松浅」分手時應該跟他要了地址，明天就趕快寫信給他。寫信不好意思就打電報吧!這又有點太小題大作了，他大概有電話吧!那就打電話請他來?不!不!他來，太慢了。那空檔不如用來找熊谷。在這之際最重要的是了解熊谷的動靜，濱田要是有線索馬上會向我報告吧!當下，能夠體察我的痛苦，救救我的人除了那個男的別無他人。這或許也是「臨時抱佛腳」也說不定……。第二天早上，我七時起來跑到附近的公共電話，翻電話簿，幸運地找到了濱田家。

「哦，是找少爺啊?他還沒起床……」女僕接電話這麼說。

「非常抱歉，有急事，能不能轉達一下……」我硬是拜託。

過了一會來接電話的濱田：

「您是河合先生嗎?那個住大森的?」

是睡眼惺忪的聲音。

「是的，我是大森的河合，老是麻煩你，這次突然在這時間打電話非常抱歉；其實，naomi逃走了——」

說到「逃走了」時，我不自覺地變成哭泣聲。這是非常冷，像冬天的早晨，我在睡衣上披了棉和服急忙出來，因此手握電話筒，身體不停地顫抖。

「啊，naomi小姐——果然會有這種事發生？」

濱田意外的語氣非常鎮定。

「哪，你已經知道了？」

「我昨夜碰過呀！」

「咦？碰到naomi？……昨夜碰過naomi？」

這次我身體顫抖跟之前不同，整個身體哆哆嗦嗦，抖得過於激烈，前齒「匡」的碰到話筒。

「昨晚我到鑽石咖啡廳跳舞，naomi也來了。我沒問她發生什麼事，不過她的樣子怪怪的，我想大概是那回事吧！」

「跟誰一起來的呢？是不是跟熊谷？」

「不只是熊谷，跟五、六個男的，其中還有西洋人。」

「西洋人？」

「是的，她穿著看來很體面的洋裝喲！」

「離開家時，並沒帶洋裝……」

「反正是洋裝，而且還是正式的晚禮服呀！」

我有如被狐狸附身，腦中一片空白，不知道要問什麼才好。

22

「喂！喂！河合先生，怎麼了……喂……」

我沒出聲太久，濱田頻頻催促。

「喂……喂……」

「啊……」

「河合先生嗎？……」

「啊……」

「怎麼了？……」

「啊，不知道怎麼辦才好……」

「可是在電話中想，也無濟於事，不是嗎？」

「我知道沒用……可是，濱田君，我實在很困擾呀！不知道怎麼辦才好。她不在，晚上也睡不好，我好難過。……」

我為了博取濱田的同情以充滿悲傷的語氣繼續說下去。

「……濱田，我這時除了你之外沒有可以依靠的人，所以，雖然是意外的麻煩，我、我……想知道naomi的住處。到底是在熊谷那裡？或者，在哪位其他的男人那裡？我想弄清楚。我這實在是一廂情願的拜託，能不能盡力幫我查一下呢？……我想我自己查，不如你來查，會有更多的線索……」

「是，我查的話說不定馬上就知道。」

濱田爽快地說。

「不過，河合先生，你想她大概會在哪裡呢？」

「我認定就是熊谷那裡。其實，是你我才說，naomi現在還瞞著我和熊谷維持關係。前陣子爆出來，最後和我吵架，才離家出走。……」

「嗯……」

「依你的說法，說和西洋人在內的一些男人，穿著洋裝什麼的，我實在想像不出來。不過，要是見了熊谷，大概情形就明白了。……」

「是的，是的。」

濱田打斷我的抱怨。

「好吧！我就查看看。」

「請你儘可能快一點，拜託！拜託！……如果可能今天就能告訴我結果，那就感激不盡了……」

「哦，這樣子啊，大概今天之內就能明白吧，知道的話怎麼通知你？你這段時間還在大井町的公司嗎？」

「不！發生這件事之後，一直向公司請假。心想會不會萬一 naomi 回來，所以，儘可能待在家裡。所以，這實在是很失禮，打電話不太妥當，能見面的話就太好了……怎麼樣？要是情形了解了，能到大森的家裡來嗎？」

「好啊，反正也閒著。」

「謝謝……能這樣子真是太感激了！」

這麼一來，濱田的到來真是一刻如千秋，我還囉哩囉嗦：

「那大概什麼時候會來呢?再晚兩點或三點會知道吧?」

「我想大概知道吧，不過，這傢伙除非去看到了人否則他不會老實說的。我會採最好的方法，看情形說不定要兩、三天……」

「那也沒辦法，不管明天或後天，我在家一直等到你來。」

「知道了，詳細情形見了面再說。——那，再見了。——」

「喂!喂!」

電話快掛時，我趕緊再一次叫濱田來聽。

「喂!喂!……還有……這也是看當時情況，怎麼樣都行!你要是直接見到 **naomi**，而且有談話機會的話，就這麼說，我決不會追究她的過錯，我很清楚她的墮落自己也有過錯。因此，對自己的過錯深深道歉，任何條件我都會接受，把一切付諸流水，無論如何請她回來一趟。如果這樣也不願意，至少和我見個面吧!——」

在說到「任何條件都可以接受」的下一句，真正的心情是「如果她說給我跪下，我會欣然跪下。說向大地磕頭!我就向大地磕頭。無論怎麼道歉都行」。其實心裡想這麼說，總算沒有說出口。

「——如果可以就轉達，我是多麼想念她。……」

「這樣子啊！有機會的話我會儘量說看看！」

「還有……她是那樣的脾氣，雖然心裡很想回來，說不定還硬撐著。如果是那樣，就說我很頹喪，還說，要你把她硬拉回來……」

「知道了，知道了，我不能保證可以辦到，盡量就是了！」

我過於囉嗦，濱田的語氣似乎有點不耐煩，我在那公共電話，到小錢包的五錢硬幣沒有為止，大概站著講了三通電話。生平第一次一下子哭泣聲，又是顫抖聲，說得滔滔不絕，臉皮又厚。我掛斷電話，並未因此而安心，以最大的心情等待濱田到來。雖說今天之內可能會來，要是今天沒來怎麼辦才好？——不！不是怎麼辦才好，而是自己會怎麼樣？自己現在除了思戀naomi之外，沒做任何事。什麼事也做不了。睡覺、吃飯、外出，什麼都不行，只待在家中，讓陌生人為自己奔走，自己只有束手等待別人來報告。其實，人，沒有比什麼都不做還要痛苦的，何況，我還想念naomi想念得要死。這種思念會傷害身體，自己的命運委之於他人，只有注視時鐘的時針，想想實在受不了。即使是短短的一分鐘，「時間」的步伐慢得讓人驚訝，感到無限長久。一分的六十次才一小時，一百二十次才兩小時，假設待三小時，這無事可做，無可奈何的「一分」，秒針滴滴答答，需要繞一百八十次的圓周，不是三小時，是四小時、五小時，或者半天、一天，要是兩天、三天的話，在等待與思念之餘，我一定會發瘋。

心裡盤算，濱田再怎麼快也要到黃昏才會來吧，打電話四小時之後，大約十二時左右，門外的門鈴響得刺耳，接著是濱田說：

「你好！」

我聽到這意外的聲音，不由得高興得跳起來，急忙去開門。語氣慌張：

「啊，你好。現在馬上就開，因為是上了鎖。」突然有個念頭湧上心頭：「沒想到這麼快就來，說不定很快就見到了naomi，見了之後事情馬上了解，帶她一起回來了不是嗎？」更是欣喜若狂，心臟怦怦跳。

打開門，我以為她會緊跟在濱田後邊，眼睛骨碌碌地環視附近，但沒有人，只有濱田一人孤單的站在那裡。

「嘿，之前很失禮。怎麼樣？知道了嗎？」

我突然以緊咬住他似的語氣詢問，濱田的態度異常冷靜，憐憫似地看我的臉。

「知道是知道了……可是，河合先生，那個人很差勁，還是死了心的好喲！」

說得極乾脆，搖搖頭。

「哦？哦？這到底是怎麼一回事？」

「怎麼回事，根本不像話——我是為你著想才說的，忘掉naomi這個人怎麼樣？」

「那麼你是見了naomi嗎？見了面談了話，但是非常絕望，是這意思嗎？」

「不！我沒見到naomi。我到熊谷那裡，完全了解情況來的。實在是太過分，我真的太訝異了！」

「濱田，naomi到底在哪裡？這是我第一個想知道的。」

「在哪裡，也沒有固定的地方，到處住呀！」

「沒有那麼多家可以住吧？」

「不清楚，到底有幾個你不知道的男的朋友？聽說最初和你吵架那天，到熊谷那裡去了。要是先打電話，悄悄地來也還好！她可是帶了行李，雇車子，突然停在玄關，引起家人的騷動，談論她是誰，又不能說『請進！』，連熊谷也不知該怎麼辦？」

「嗯！然後呢？」

「沒辦法，只把行李藏在熊谷的房間，兩人總之到戶外，之後到什麼都怪怪的旅館；而且那旅館，還是大森住宅附近叫什麼樓的地方，就是那天早上在那裡見面被你逮到的地方，實在太大膽了，不是嗎？」

「那麼，那一天又到那裡去了？」

「是這麼說的。熊谷還得意洋洋地談論兩人的性事，我聽了很不高興。」

「那麼那一晚兩人就住在那裡嗎？」

「好像不是。到傍晚為止在那裡，之後一起到銀座散步，在尾張町的十字路口分手。」

「這就奇怪了！熊谷這傢伙是不是說謊?!」

「不，等等，再請聽我說。分手時熊谷有點同情她，問『今晚住到哪裡呢？』她回答『住的地方要多少都有。我到橫濱去。』毫無頹喪的樣子，就這樣子慢慢往新橋的方向走去。——」

「橫濱，誰那裡？」

「熊谷心想這就奇妙了呀！naomi再怎麼面子大，橫濱應該沒有可以住的地方吧！可能嘴裡這麼說，大概會回大森吧！第二天傍晚naomi打電話來說『我在鑽石咖啡廳等，請馬上來！』因此，去了一看，naomi穿著似乎從未見過的晚禮服，拿著孔雀的羽毛扇，頸飾、腕環金光閃閃，被有西洋人在內的許多男士包圍，似乎非常高興。」

聽濱田說的話，有如驚異箱，讓人驚訝的事實碰碰跳出來。亦即naomi最初的晚上好像住在西洋人的地方；那個洋人名叫威廉·馬可尼爾，什麼時候我第一次和naomi到鑽石咖啡廳跳舞時，連介紹也沒有就跑到旁邊硬要和她一起跳舞的，那個厚臉皮，油頭粉面娘娘腔的男人，就是那個，然而更驚人的是——這是熊谷的觀察——naomi到那晚去住為止，和那個叫馬可尼爾的男子交情並沒有那麼深。本來naomi從以前似乎就偷偷喜歡那個男的。他的臉有點好女色，也有像演員的地方，不只是跳舞的同伴之間有「色魔的洋人」的謠言，naomi自己也說「那個洋人的側臉很迷人，有點像約翰．巴里不是嗎？」——約翰．巴里指的是美國的明星，在電影方面大家熟悉的約翰．巴里摩亞——確實她早就注意到他了。或者稍微運用了色眼也說不定。因此馬可尼爾看出「這個妞對我有意思」曾經嘲諷過她。因此，無疑的不是朋友關係，只是這樣的緣故就硬是去了。而去了一看，馬可尼爾也認為是「送上門來的肥羊」就問「今晚要不要住在我家？」「好啊，住下來也好呀！」——

「這傢伙真是太隨便了，第一次去男人家，當晚就住下來——」

「可是，河合先生，naomi說得很平常，馬可尼爾還覺得有點怪怪的，聽說昨晚問熊谷，這個小姐究竟是什麼來歷？」

「留來歷不明的女人住宿，主人也真是的！」

「不只是留宿，還送她洋裝、腕環、頸飾，所以現在跩得很呢！還有你說，光是一個晚上就變得非常熟稔，naomi就叫那傢伙威利！威利。」

「洋裝、頸飾是那個男的買的嗎？」

「似乎是，不過因為是西洋人也有可能是向朋友借來的，應付一時之需。naomi撒嬌『人家想穿洋裝看看嘛！』最後男的為了博取歡心，也是可能的。那洋裝不像是成衣，很合身，鞋子也是法國鞋，高跟的那種，琺瑯的腳尖、有新鑽石什麼的，細寶石亮晶晶。昨晚的naomi就像童話裡的白雪公主喲！」

我聽濱田說，想像著白雪公主的naomi樣子會是多麼美啊，不由得雀躍起來！然而，下一瞬間，又為她的行為不檢點感到厭煩，變成可恥、遺憾、可憐、是一種說不出的複雜心情。熊谷還好，到來歷不明的西洋人那裡，厚臉皮住下來，還要人家送衣服，這哪裡是到昨天為止還有丈夫的女人該做的事呢？那個和自己同居多年叫naomi的，是那麼骯髒，像賣春婦的女人嗎？我對那女的真面目到現在的當下都不清楚，我做了愚蠢的夢嗎？哎！誠如濱田所說的，我再怎麼想念，也非放棄那個女的不可。我自取其辱，丟盡了男人的面子。……

「濱田，雖然囉嗦，慎重起見，請問現在你說的都是事實嗎？不只是熊谷證實了，你也證實了？」

濱田看我眼中含淚，同情似地點點頭，

「您這麼問，我能了解您的心情，難以開口，不過，事實上昨夜我也在場，我想熊谷說的應該是事實。此外，還有一些事要是說出來，您會認同的，不過，請不要打破砂鍋問到底，請相信我，我保證不會是為了好玩而誇張事實——」

「好，謝謝！告訴我這些已經夠了，沒必要再問下去……」

不知怎的，在這情況下我的話鯁在喉嚨，突然大顆大顆的眼淚劈啪掉下來，心想「慘了！」突然緊緊抱住濱田，臉伏在他肩上，哇哇地放聲大哭起來。

「濱田！濱田！我、我……已經完全放棄那個女的！」

「這是對的！您說的是理所當然的！」

濱田或許被我感染，聲音也變混濁。

「我感覺有如今天是來向您說明事實也宣告 naomi 已經沒有希望。她這個人說不定哪一天什麼時候又一副若無其事的臉出現在您面前；而現在事實上根本沒有人以真面目對待 naomi。讓熊谷說的話，有如大家拿她當玩物，還取了實在說不出口的綽號。您到目前為止，不知不覺間不知受到多大的恥辱。」

曾經和我一樣熟悉 naomi 的濱田，以及和我一樣被她背叛的濱田，——這少年從充滿悲憤的心底發出為了我好的每一句話，具有如銳利的手術刀剔除腐肉的效果。大家把她當玩物，取了說不出口的綽號——這恐怖的揭露卻反而讓我心情舒爽，有如瘧疾被祛除，一時肩頭變輕，連眼淚也停止了。

23

「河合先生，不要老是關在家裡，要不要出去散散心？」在濱田打氣下，我說「那就等我一下！」這兩天我連口都沒漱、鬍子也沒刮，於是刮鬍子、洗臉，轉換成輕鬆的心情，和濱田一起到戶外已是二時半左右。

「這時候，反而應該到郊外散步！」濱田說：我也贊成，

「那麼，往這邊走吧！」

往池上的方向走，我突然感到厭煩停住腳步。

「這方向不好，這方向是鬼門呀！」

「耶？怎麼回事？」

「剛才說的，曙樓就在那方向呀！」

「哦，這樣不行！那麼怎麼辦？從這裡一直走到海岸，往川崎的方向看看嗎？」

「好啊，那樣的話是最安全的。」

濱田於是轉身朝相反方向，往停車場的方向走；想想那方向也還是存在著危險。要是naomi現在還去曙樓，現在也不能保證不會帶熊谷出來，不一定不會在毛唐和京濱間往返，總之，省線電車停的地方是禁忌。

「今天真是太麻煩你了！」

我若無其事地說，走在前頭，轉過巷子，越過田圃路的鐵道口。

「那樣的事不用放在心上，我心想反正哪天一定會發生這樣的事吧！」

「從你來看，我是不是很滑稽呢？」

「可是，我也有一段時間滑稽，沒資格笑你。只是我自己的熱度冷下來之後看，覺得你非常可憐。」

「你年輕無所謂呀！像我已經三十歲，遇到這樣的糊塗事，實在不像話。而且，要是你不說，不知會繼續到什麼時候……」

走出田圃，晚秋的天空彷彿安慰我似的，高高的，涼爽、晴朗，風強烈吹拂，咻——咻——地，哭過的腫脹的眼角陣陣刺痛。遙遠的線路上，那忌諱的省線電車在稻田之中奔馳。

「濱田！你吃過午飯了嗎？」

默默走了一陣子之後，我問。

「不！其實還沒，你呢？」

「我從前天開始，喝了酒但幾乎沒吃飯，現在肚子餓得厲害。」

「那當然的，不要勉強，弄壞身體不值得！」

「沒問題的，託你的福我覺悟了，不會再做傻事。我從明天起會變成另一個人，準備到公司上班。」

「那樣能舒解心情喲。我失戀的時候，想要忘掉，也拚命玩音樂。」

「能夠玩音樂，在那時候是很好吧！我沒有那樣的才藝，除了努力做公司的事之外，沒有其他方法——反正肚子餓了，到哪邊吃飯吧！」

兩人這般閒聊，慢慢逛到六鄉，之後不久，進入川崎街上的某家牛肉店，圍著咕嚕咕嚕煮著的鍋，又像「松淺」時那樣開始喝起酒來。

「你，你來一杯怎麼樣？」

「現在就喝，空肚子會受不了！」

「沒關係吧！為今晚我祛除災難，舉杯祝賀吧！我從明天起停止喝酒，所以今晚要大醉一場！」

「這樣子啊！那就祝你健康！」

濱田的臉通紅，滿是青春痘的臉，有如牛肉煮沸開始發光時候，我已醉得厲害，分不清是悲傷或高興。

「濱田，我有一些事想問你。」

我估計是好時機，膝蓋更靠近他。

「你說 naomi 被取了很過分的綽號，究竟是什麼綽號呢？」

「不！這不能說，的確有，但是太過分了！」

「過分，也沒關係。那個女的跟我已經是陌生人了，所以不需要顧慮不是嗎？請告訴我叫什麼呢？我要是知道的話，心情反而舒坦。」

「你或許如此，我終究開不得口，所以請您原諒。總之是很過分的綽號，想像一下也就知道了。取這綽號的由來，我可以告訴您！」

「好吧！那就請告訴我由來。」

「可是河合先生……還是很為難呀！」

濱田搔搔頭。

「那實在很過分呀！您要是聽了再怎麼説一定會心情不好的呀！」

「沒關係、沒關係，你就説吧！我現在純粹是出自好奇心，想知道那個女的祕密。」

「那就説一點祕密吧！——這個夏天您來鎌倉時，您認為naomi有幾個男人呢？」

「據我所知，只有你和熊谷，難道還有其他的嗎？」

「河合先生，您可不要嚇一跳呀！——關和中村也都是喲！」

我雖然醉了，還是覺得身體有如觸電。接著不由得咕嚕咕嚕灌了五、六杯之後，才開口問。

「那麼那時候的那一票人，沒有一個漏掉？」

「是的，還有您想是在哪裡見面的呢？」

「是大久保的別墅？」

「您租借的盆栽店的廂房呀！」

「哦……」

我説的時候有如快要窒息，心情跌入谷底。

「哦，這實在太意外了！」終於聲音像呻吟。

「所以那時候最為難的大概是盆栽店的老闆娘吧！熊谷那邊有人情在，也不能請他滾出去，可是自己的家變成魔窟，各色各樣的男人頻頻出入，對左鄰右舍而言也很不光采，還有，萬一被您知道了事情就大了，所以，我想是提心吊膽吧！」

「難怪有一次我問 naomi 的事，老闆娘很為難，呑呑吐吐的，原來有這樣的原委啊。把大森的家當成幽會場所，把盆栽店的廂房變成魔窟，這些我都不知道，哎呀！吃了好多苦頭！」

「河合先生，說到大森，我應該道歉！」

「啊哈哈哈，沒關係，一切都是過去了，沒問題的。不過，想到 naomi 巧妙欺騙，反而感到痛快。技術太漂亮了，只有喊出『啊！』的讚歎聲！」

「宛如相撲的技巧什麼的，被從背後摔下的感覺。」

「同感同感，如你所說的。——這是怎麼樣呢？那一票人大家都被 naomi 耍了，彼此都不知道嗎？」

「不，知道的，不知怎麼搞的有一次兩人撞在一起了！」

「沒吵架嗎？」

「那些傢伙彼此默默地結成同盟，把 naomi 當成共有的東西。那之後取了很過分的綽號，背後大家都叫她的綽號。您不知道反而幸福，而我深深感到同情，心想怎麼樣才能把naomi救出來，只要一提出大家就大怒，反而把我數落一頓，也就束手無策了。」

濱田或許是想起那時的事，語調感傷。

「河合先生，我哪時候在『松淺』見到您時，我從未向您說過這樣的事吧！——」

「那時你是說，是熊谷使naomi自由的——」

「是的，我那時是這麼說的。那並不是謊言，naomi和熊谷在粗野處個性很合，所以感情最好。因此，大家都奉熊谷為頭頭，認為壞事都是他教的，我才那麼說。還有更過分的，我沒跟您說的。那時我還祈求您不要捨棄naomi，引導她向善。」

「引導不了的，我反而被拉下去——」

「任何男人見到naomi時，都是這樣的。」

「我也覺得她確實有那種魔力，所以不靠近她，必須了解到要是靠近，自己會有危險的。——」

naomi、naomi——彼此之間不知重複說了幾次這名字。兩人將這名字當下酒菜喝下。那順暢的發音有如比牛肉更甜美的食物，用舌頭品嚐，以唾液舔舐，然後再送到嘴唇。

「彼此彼此，被那樣的女人欺騙一次也……」

我無限感慨似地說。

「那倒是！我也是因為她的關係才嚐到初戀的滋味。儘管很短暫，讓我做了美夢，想到這不得不感謝喲！」

「那現在怎麼樣了，那個女的未來？」

「往後大概只有墮落下去吧！依熊谷的看法，馬可尼爾那裡不可能住很久，兩、三天之後大概到別的地方吧！我那裡也還留有東西，說或許會來；究竟naomi有沒有自己的家呢？」

「老家是淺草的名酒製造商呀——我覺得他們可憐，至今都沒有跟誰提起。」

「是嗎，出身這東西是無法爭論的哪！」

「依naomi說，本來是『旗本』（譯注：Hata Moto，江戶時代幕府將軍的直屬武士）的武士，自己出生時住在下二番町的豪邸。『奈緒美』這名字是祖母取的，祖母在鹿鳴館時代是跳舞的時髦人士；是不是真的，就不清楚了。總之，家很窮，我現在也還覺得可憐。」

「這麼聽來，更覺得可怕啊，naomi身上流著與生俱來的淫蕩血液，有那樣的命運，總之，要您收留——」

兩人在那裡聊了三個小時，走出戶外已過夜晚七時，然而話題一直聊不盡。

「濱田，你是搭省線回去嗎？」

走在川崎街上，我問。

「接下來走路太累——」

「那當然！我搭京濱電車，那傢伙在橫濱，省線的話感覺似乎危險。」

「那我也搭京濱。——可是，naomi小姐那樣子到處跑，一定會在哪裡不小心碰到呀！」

「那樣子，戶外也不能隨便走了。」

「一定常去跳舞，銀座附近是最危險的區域。」

「就連大森也不一定安全，有橫濱、有花月園、有曙樓，說不定我收拾家當過公宿生活也說不定。暫時之間，在事態平靜下來之前，我不想見到那傢伙。」

我要濱田陪我搭京濱電車，在大森和他分手。

24

在我被孤獨與失戀所苦之際，又發生一件悲傷事件。那不是別的，是故鄉的母親因腦溢血突然逝世了。

我接到危篤電報是和濱田見面的第三天早上，在公司接到的。我馬上趕到上野，傍晚就到達鄉下的家；那時母親已失去意識，見了我似乎也不認得，兩、三小時之後就斷了氣。

幼年喪父，由母親一手栽培的我，可以說第一次經驗到「失去父母的悲傷」。何況母親與我的感情在世間一般親子之上。我回想過去，自己反抗母親，或母親斥責我，記憶連一件都沒有。雖然與我尊敬她也有關係，不過，是母親非常細心，富慈愛心的緣故。世間常有兒子逐漸長大，離開故鄉到都市，父母會擔心，懷疑孩子的品行，或者因某種原因而變得疏遠；然而我的母親，即使我到東京之後也相信我，理解我的心情，會為我著想。我之下還有兩個妹妹，對母親來說讓長子離開家，既寂寞也不安吧！然而母親從未抱怨過，並祈求我能立身出世。因此，我遠離她時比在她膝下時，更強烈感受到她的慈愛是多麼深厚。尤其和naomi結婚前後，還有之後種種任性行為，每次母親都爽快答應，對於她的溫情，我沒有不含淚的。

那樣的母親意外的猝死，我陪伴在亡骸之旁，彷彿做夢。到昨天為止，我還為naomi的色香心身狂亂，而今天我跪在佛前焚香，這兩個「我」的世界，再怎麼想感覺似乎連接不起來。昨日的我是真正的我？還是今日的我才是真正的我？——生活在悲嘆、哀傷、驚訝的淚水中，自我反省時，自然聽到這樣的聲音。「你母親的死亡，並非偶然。母親是警惕你，留下訓誨。」另一方面也聽到這樣的細語。於是，我更懷念母親往昔的面影，感到非常對不起，悔恨的淚水有如決堤，哭得太厲害又不好意思，因此悄悄登上後山，俯視充滿少年時代回憶的森林、道路、稻田景色，在那裡又稀里嘩啦大哭一場。

這大的悲傷不用説把我淨化成晶瑩的東西，洗淨堆積在心裡和身體的不潔分子。如果沒有這悲傷，我或許現在還忘不了那淫穢的淫婦，沉溺在失戀的打擊。想到這裡母親的死並非沒有意義。不！至少，我不能讓她的死毫無意義。那時我的想法是：「自己已經厭倦都會的空氣，雖説立身出世，然而到東京只有過輕佻浮華的生活，既未立身，也沒有出世。像自己這樣的鄉下人終究還是鄉下適合。就此回到故鄉，親近故鄉的泥土吧！還有守著母親的墓，與村民為伍，成為代代祖先的百姓吧！」甚至於有這樣的念頭；然而，叔父、妹妹、親戚們的意見是：「這也太突然了，你現在懷憂喪志也是正常的，不過，男人不會為了母親的死而葬送光明的未來。無論是誰與父母死別會有一時的消沉，不過，過些日子悲傷會淡忘。所以，你既然這樣，慢慢考慮之後再做決定才好。而且，第一突然辭職對公司也不好吧！」我想說「其實不只是這樣，還沒跟大家說，老婆跑掉了……。」話到了嘴邊，但是在大家面前感到丟臉，而且在最是混亂時刻，結果沒說出來（針對 naomi 沒到鄉下露臉，推說是生病）。初七法會結束，之後的相關事宜拜託我的財產管理代理人叔父夫婦，總之聽了大家的意見之後早一步回東京。

到了公司覺得無趣。而且，公司內部對我也沒有以前那麼好。由於工作勤奮、品行端正被取了「君子」綽號的我，因 naomi 的事丟盡了臉，不受高級幹部、同事信任，過分的是甚至有人嘲諷我以這次母親的去世為藉口休假。由於種種事我愈來愈覺得不安，二七那天留宿一夜歸省時跟叔父透露「近日內說不定會辭職」。叔父說「哦！哦！」沒有當一回事，第二天勉強上班，在公司期間還好，但是從傍晚開始的夜晚時間對我而言難以捱過。原因在於，無法下定決心回到鄉下呢？或者留在東京呢？因此我並未住在公寓，還是一個人住在空蕩蕩的大森家。

從公司下班後，我還是不想碰到naomi，因此避開熱鬧的場所，搭京濱電車直接回大森。到附近點一道菜或者日本麵或烏龍麵，形式上的晚餐之後就無事可做。我沒辦法進入寢室蓋上棉被，之後馬上入睡，往往過了兩、三小時眼睛還睜得大大的。說是寢室，就是屋頂裡邊的房間，那裡現在也還放著她的東西，過去五年的無規律、放蕩、荒淫的味道滲入牆壁和柱子裡。那味道也就是她皮膚的臭味，懶惰的她髒衣物也不洗整團丟在那裡，而現在就積在通風不良的室內。我感到受不了，後來就睡到畫室的沙發，也還是難以成眠。

母親去世三星期之後，進入那一年的十二月，我終於下定決心辭職。由於公司的情況，決定做到今年年底。這件事事先沒跟誰商量，自己進行，家鄉那邊也還不知道，這之後又忍了一個月，心情有點平靜。心情平靜之後，有空時看看書或散步，即使這樣危險區域絕不靠近。某晚過於無聊，走到品川那邊時，為了消磨時間想看松之助的電影，進入電影院，碰巧放映勞依德（譯注：Harold Lloyd，一八九三～一九七一，美喜劇明星）的喜劇，出現美國年輕的女明星，還是會胡思亂想。那時我心想「以後不看西洋的影片了」！

十二月中間，某個星期日早上。我睡在二樓（那時候畫室太冷，我又搬回屋頂後邊）

聽到樓下有喀嚓喀嚓的聲音，似乎有人。心想：奇怪哪！外邊門應該關得緊緊的……這麼思索之際，馬上聽到熟悉的腳步聲，躡手躡腳爬上階梯，還來不及害怕時：

「你好……」

爽朗的聲音，突然鼻前的門被打開了，naomi站在我眼前。

「你好！」

她又說了一次，呆然若失的表情看我。

「為什麼來？」

我懶得起床，靜靜地冷淡地問。心裡討厭她厚著臉皮還來。——

「我我——來拿行李的呀！」

「行李可以拿走。妳是怎麼進來的？」

「從大門。——我有鑰匙。」

「那就把鑰匙留下來！」

「好啊！」

我轉個身背對著她不哼聲。有一陣子，她在我枕邊整理包袱巾弄出吧噹吧噹的響聲，然後傳出「咻！」地解開帶子的聲音。注意一看，她走到房間的角落，而且是我視線所及之處，轉身向後正換衣服。我從剛才她進來這裡時早就注意她的服裝，那是我沒見過的銘仙綢的衣服，而且好像天天穿著，衣服髒了，膝蓋也跑出來，皺巴巴的。她解開帶子，脫下髒了的銘仙，露出長針織汗衫也是髒髒的。然後拿起剛剛抽出的長汗衫，披在肩上，整個身體抖動，下邊穿的針織衫，就像脫殼一樣落在榻榻米上。然後那上面穿喜歡的衣裳之一的龜甲絣的大島綢，纏上紅白的市松格子的寬腰帶「咻！」地把腰束得緊緊的，我想接下來是腰帶，她轉向我，在那裡蹲下來，換穿足袋。

她的赤腳對我來說是最大的誘惑，我儘可能不往那邊看，還是忍不住偷瞄幾眼，她當然是故意的，把腳像鰭一樣扭曲，不時試探似的偷偷注意我的眼神。換好之後，很快把脫下的衣服整理好：

「再見！」

邊說著把包袱巾往門口的方向拉過去。

「喂！鑰匙留下呀！」

那時我才出聲。

「哦，好！好！」

她回答，從手提袋裡取出鑰匙，

「那就放在這裡喲！——不過，我一次拿不完行李，或許還要再來一次。」

「不來也可以，我會送到妳淺草的家。」

「不要寄到淺草，那樣不方便。——」

「那要寄到哪裡呢？」

「哪裡啊——我還沒決定——」

「這個月內不來拿，我就不管了，往淺草寄送——不能老是擺著妳的東西。」

「好！好！我會馬上來拿。」

「還有，我先聲明，如果一次拿不完就用車子，找人來，妳不用自己來拿。」

「哦——那就這樣子！」

之後，她離開了。

我心想這就放心了，過了兩、三天晚上的九時左右，我在畫室看晚報時，又聽到喀嚓的聲音，有人把鑰匙插進大門的鎖。

25

「誰？」

「是我呀！」

聽到聲音的同時門開了，黑色、大如熊的物體從戶外的闇黑闖入房間，突然「啪」地脫下黑色東西，露出如狐的白色肩膀、手腕，穿著淺水色法國絲綢禮服，一個陌生的年輕西洋婦人。肌肉均勻的脖子上掛著如彩虹閃閃發光的水晶頸飾，黑天鵝絨的帽子下邊看到甚至有一種神祕感覺的白色鼻子尖端和下巴，濕潤的朱色嘴唇特別顯眼。

「晚安！」

那西洋人取下帽子時，我第一次感到「咦，這個女人？——」然後仔細看她的臉，總算發覺到她就是naomi。這麼說似乎不可思議，事實上naomi的樣子常變化。不，如果只有樣子再怎麼變也不至於看錯，而最騙得過我的眼睛的是那張臉。到底施了什麼魔法，整個臉，從皮膚的顏色、眼睛的表情，到輪廓全變了，如果我沒聽到那聲音，縱使脫下帽子的現在，或許還會以為這個女的哪裡不認識的西洋人。其次，如前面說的，皮膚的顏色過白。露在洋服外邊豐滿肉體的一切，像蘋果肉那麼白。**naomi**以日本女性而言不算黑；不過，不應該這麼白。實際上幾乎露到肩膀的兩隻手腕，怎麼看都不相信是日本人的手腕。曾經在帝國劇院看歌劇時，我迷戀過年輕西洋女明星白皙的手腕，而現在這手腕跟那手腕相似，不！感覺更白。

這時**naomi**水色柔軟的衣服與頸飾搖晃，高鞋跟，裝飾有新鑽石的漆皮（**patent leather**）鞋的鞋尖發出喀喀喀的聲音走著——，我那時想起啊，這就是那一次濱田說的白雪公主的鞋子吧！——一隻手放在腰部，手肘張開，得意似的扭轉腰成奇妙的姿態，突然不客氣地往啞然的我的鼻尖靠過來。

「讓治桑，我來取行李呀！」

「我不是說妳不用自己來，找人來就行了嗎？」

「可是，我沒有人可以拜託嘛！」

這之間，身體始終沒動。臉表情嚴肅，真的很失望的樣子，腳牢牢著地站立著，或是單腳向前踏出一步，或用腳踝踩地板喀喀出聲，每次更換手的位置、聳肩、全身肌肉縮得像鉛線一樣緊緊的，所有部分都啟動了運動神經。於是，我的視覺神經也隨之緊張起來，她的一舉手、一投足，對她身體的每一寸無法不仔細看；注意看她的臉，了解到她「變臉」的道理，她把髮際的毛剪短到二、三寸，讓每一根頭髮尾端整整齊齊，像中國少女那樣，在額頭垂下如暖簾。把其他的頭髮繞成一團，圓而平，從頭頂部位覆蓋到耳朵之上，像「大黑神」（譯注：日本七福神之一，掌財富，即財神）的帽子。這種梳髮是她從未有過的，臉的輪廓像是換了個人似的，也是這緣故。此外，再留意一看，眉毛的樣子也異於平常。她的眉毛生來粗濃，然而今晚的眉毛細長，畫出淡淡的弧線，弧線周圍剃得青青的。這些「手工」我馬上看出來；然而魔法的根源，我不懂的是，她的眼睛、嘴唇、皮膚的顏色。眼睛看起來這麼像洋人，或許是眉毛的關係，此外應該還有其他的「機關」。大既是眼瞼跟睫毛吧！那裡一定有什麼祕密，雖然心裡這麼猜想，但究竟什麼「機關」全然不知。嘴唇，在上嘴唇的正中央，有如櫻花瓣似的，截然劃分為二，而且那紅色跟一般的口紅不同，有一種鮮豔的自然光澤。說到皮膚的白，再怎麼仔細看，完全是自然皮膚的樣子，毫無施粉的痕跡。而且那白色不只是臉，從肩膀、手腕到手指尖都是這樣子，因此，如果要施白粉的話非得全身施粉不可。這不可解的「來路不明」的妖豔少女，我甚至覺得她與其說是 naomi，不如說是 naomi 的靈魂因某種作用，成為擁有某種理想美的幽靈也說不定。

「哪！可以吧！我到二樓去拿行李？——」

naomi的幽靈這麼說；可是，聽那聲音依然是naomi，的確不是幽靈。

「嗯，可以……可以……」

我明顯的慌亂，口氣有點興奮。

「……妳怎麼打開外邊的門呢？」

「怎麼打開？當然用鑰匙開的呀！」

「鑰匙上次不是留在這裡嗎？」

「鑰匙我有好幾把呀，並不是只有一把。」

那時，她紅色的嘴唇第一次突然浮現微笑，但馬上轉變成像諂媚，像嘲笑似的眼神。

「我、現在才說，打了好多鑰匙，所以被拿走一把根本無所謂。」

「可是我感到困擾，妳要是常常來。」

「放心好了。行李全拿走之後，即使叫我來我也不會來。」

她用腳跟轉個身，咚！咚！咚爬上樓梯，往屋頂後邊的房間跑。……

……之後，究竟過了幾分鐘？我斜躺在畫室的沙發上，等她從二樓下來之間……那究竟是不到五分鐘的時間？或者半小時、一小時呢？……我對這段時間的「長度」實在弄不清楚。我心中有的只是今夜naomi的樣子，就像某種美妙的音樂之後，恍惚的快感餘韻猶存。那音樂像是從非常崇高、非常聖潔的，這世界之外的聖境響起女高音的歌聲。沒有情戀也沒有戀愛……我心裡感受到的是跟這樣的東西可能關係最遙遠的飄緲的陶醉。我想了好幾次，今晚的naomi跟那污穢的淫婦naomi，被多數男人取過分綽號與賣春婦相等的naomi是完全難於並存的，而像我這樣的男人只能在她面前跪拜的尊貴的憧憬的目標，如果她那純白的指尖稍微碰觸我一下，我不只是喜悅可能會發抖。這種心情如何比喻讀者才能了解呢？——有如鄉下的父親來到東京，某天偶然在街上碰到自幼離家出走的女兒。女兒變成高貴的都會的婦人，看到髒兮兮的鄉下百姓，並未察覺到是自己的父親，而父親儘管看到了，現在由於身分差異也不敢靠近，這是自己的女兒嗎？驚訝、羞愧之餘悄悄溜走了。——那時的父親似寂寞、也像感恩的心情。否則就像被未婚妻拋棄的男人，五年、十年過後某一天站在橫濱的碼頭，那時有一艘商船抵達，回國人群陸續走下來。不意，人群之中看到她。她可能是出國後回國，雖然這麼想，男的已經沒有接近她的勇氣。自己跟以前一樣一介窮書生，女的已毫無少女時代粗俗的樣子，是已習巴黎生活、紐約的奢侈的時髦婦人，兩人之間已經差之千里。——那時的書生，被拋棄的自己輕視自己，至少對意外的她的發跡感到高興。——這麼說來，似乎還是沒有完全說盡，不過，勉強比喻大概是這一回事吧！總之，以往的naomi是過去的污點滲入，附著在她肉體怎麼擦拭也擦拭不掉。然而，今夜的naomi，那些污點已被像天使的純白肌膚消除，感覺連回想都該避諱；現在反過來連碰觸到她的指尖都覺得奢侈。——這是夢嗎？如果不是，naomi如何從那裡學到這樣的魔法、妖術而來呢？二、三天前穿著那有點髒的銘仙綢的衣服的她……

咚！咚！咚！從樓梯下來的強勁腳步聲，那穿著新鑽石的鞋子的趾尖在我眼前停下來。

「讓治桑，兩、三天內我會再來喲！」

她說，……儘管站在我眼前，臉與臉保持約三尺距離，像風一樣輕輕的衣襬連碰都不會碰到我……

「今晚只來拿兩、三本書。我不可能背大大的行李喲！何況是這種打扮。」

我的鼻子那時聞到曾經聞過的某種氣味。啊，這氣味……是讓人會想起海的彼方的國家、或世上奇妙的異國花園的氣味……這是什麼時候、跳舞教授修列姆斯卡亞伯爵夫人……從那個人身上發出的氣味。naomi灑的是跟那一樣的香水。……

naomi不管說什麼，我都只是「嗯！嗯！」點頭而已。儘管她的影子再次消失於夜晚的闇黑之中，房子裡飄蕩著逐漸淡薄的氣味，鋭利的嗅覺如追逐空幻般追逐著。……

26

讀者諸君，諸君從上回的過程裡，對我與naomi不久間破鏡重圓之事——那既非不可思議、什麼都不是，是順理成章之事，已經預料到了吧！而事實上，結果如諸君預料的，然而，到這樣為止意外的費事，我也嚐到各種苦頭，無謂的辛苦。

我和naomi那之後馬上就很熱絡的交談。怎麼說呢？因為第二晚、第三晚，那之後naomi一直每晚都來拿一些東西。來了一定上二樓，拿著包包下來，那是以綯綢的帛紗包得了的小東西。

「今晚來拿什麼東西呢？」我問。

「這個？這是些小東西，沒什麼。」回答得模糊。

「我口渴，可以給我一杯茶嗎？」

邊説邊走到我旁邊坐下，聊了二、三十分之後離開。

「妳是住在這附近嗎？」

我某晚和她同桌對面而坐，喝紅茶時這麼問。

「為什麼想問這個？」

「問問也沒什麼，不是嗎？」

「可是，為什麼呢？——問了想做什麼？」

「沒有要做什麼，出自好奇心問看看。耶！住哪裡呢？跟我說有什麼關係？」

「不，我不說。」

「為什麼不說？」

「我沒什麼讓讓治滿足好奇心的義務呀！那麼想知道就跟蹤我好了，當祕密偵探是讓治桑拿手的。」

「我不想做到那樣子——只覺得妳住的地方應該是附近某處。」

「怎麼說？」

「每晚不是來拿行李嗎？」

「每晚來也不一定就在附近呀，有電車也有車子呀！」

「那是特別從遠地方來？」

「怎麼樣我——」她說，岔開話題，「——你是說每晚來不好？」巧妙轉變話題。

「不是不好，——我說過不要來，也不理會硬要來，現在說什麼也沒意義……」
「是嘛！是我心地不好，說不要來還是來。——或者是我來你感到害怕？」
「是的……多少有點害怕。……」
她向後仰，露出純白的下顎，紅紅的嘴張得大大的，突然咯咯地大笑。
「放心好了，我不會做什麼壞事呀，更重要的，從前的事我都忘了，今後希望以朋友身分和讓治桑交往。怎麼樣，可以吧？那樣的話就不會有問題吧？」
「這也總覺得怪怪的！」
「什麼怪怪的？以前是夫婦的人，變成朋友為什麼奇怪？那是舊式的、落伍的想法，不是嗎？——說真的，我不會老是想以前的事。即使現在，如果我想引誘讓治桑，雖說沒有在這裡馬上做的理由，不過，我發誓絕不會做那樣的事。好不容易讓治下了決心，又產生動搖也於心不忍。……」
「那麼是於心不忍而同情，才說想當朋友？」
「也不是這意思啦！讓治不要讓人家同情，好好做就行了不是嗎？」
「可是這也奇怪呀！現在是想好好做，要是和妳交往說不定又漸漸動搖了呀！」
「笨蛋啦，讓治桑。——那是不想當朋友？」

「是，不喜歡哦！」

「不喜歡的話，我就引誘你。——踐踏讓治桑的決心，讓他亂七八糟！」

naomi這麼說，分不清是開玩笑或認真的，奇妙的眼神，嗤嗤地笑。

「以朋友單純交往，或被引誘又遭到打擊，哪邊較好？——我今晚脅迫讓治喲！」

我那時心想，這個女的，究竟打什麼主意說要跟我當朋友呢？她每晚來訪，應該不只是來諷刺我，一定還有什麼企圖。是否先當朋友，之後有逐漸拉攏，不是以自己投降的方式再成為夫婦？如果她的真意是這樣子的話，即使不玩弄那麼麻煩的策略，我會毫無理由地同意吧！為什麼呢？因為不知何時我心中已熾烈燃燒著如果能跟她結為夫婦絕不說不的情緒。

「naomi只是普通朋友，沒什麼意義不是嗎？不知恢復原本的夫婦關係怎麼樣？」

依時間、場合，由自己提出來。不過，從今晚naomi的樣子看來，我真心誠意告白，拜託，似乎不會輕言「好」。

「那樣的事就免了吧！除非普通朋友否則不要！」

一旦看穿這邊的底細，更得意忘形地逗弄也說不定。我一片好意受到這樣的對待覺得很無趣，而且，第一naomi的真意不是結為夫婦，自己是百分之百的自由身，可以玩弄各種男人，把我也算入玩弄的對象之一，既然有這樣的陰謀，更不能隨便說。事實她連住址都不願意說，讓人覺得她現在一定有男人，如果這樣拖拖拉拉當妻子的話，我一定又會碰到麻煩。

因此剎那之間我思索之後，說：

「那麼當朋友也可以喲！因為受不了被脅迫。」

我也嗤嗤地笑。這麼說是因為我心裡有所打算。先當朋友交往慢慢地會了解她的真意吧！而且，如果她還有一點真意的話，那時再說出自己的想法，就有說服她當夫婦的機會，會在比現在更有利的條件下娶為妻吧！

「那可以同意了吧？」

naomi這麼說，逗笑似地瞄我的臉。

「不過讓治桑，真的只是普通朋友喲！」

「那當然！」

「下流事什麼的，彼此都不能想唷！」

「了解。——不這樣我也麻煩。」

「嗯！」

naomi如往常以鼻尖笑。

有這樣的事之後，她出入得更頻繁。傍晚從公司回來……

「讓治桑！」她突然像燕子一樣跑過來。「今晚請我吃晚飯？朋友的話也可以做這樣的事吧！」

心想請她吃西餐，吃河豚之後回去，因為下雨的夜晚，回來得慢，咚！咚！咚！她敲寢室的門：

「晚安，已經就寢了？——睡了就不要起來，我今晚想在這裡過夜。」

她自行進入隔壁的房間，鋪好床就睡了，也有過曾經早上起來一看，她睡在那裡正香甜呢。她的口頭禪是「因為是朋友沒辦法！」

我那時深刻感受到她是天賦的淫婦；那是哪一點呢？她本來就是多情種，儘管讓多數男人看身體也不當一回事，可是，平常又了解身體的祕密，即使是些許部分也絕不無意義地讓男人眼睛接觸到。誰都可以給的身體，平常卻遮掩得緊——這由我來說，確實是淫婦的本能保護自己的心理。為什麼呢？因為淫婦的身體對她而言是最重要的「貨物」、「商品」，因此，依情況比貞女保護身體非更嚴格保護不可，不如此，「貨物」的價值會逐漸下滑。naomi深諳此間的微妙關係，在曾經是她丈夫的我的面前，更是把身體包得密不透風。可是，要說絕對謹慎嗎？似乎又不是那樣，我在的時候故意換衣服，更換衣服的節奏下讓貼身汗衫咻地滑落下來……

「哎呀！」

說著，兩手遮著裸露的肩逃到隔壁房間，洗過澡後再回來，在鏡臺前露出肩膀，才恍如大悟似地趕我，說：

「哎呀，讓治桑不能在那裡哪，到那邊去吧！」

naomi像這樣子不是故意讓我看，偶爾露出些許部分，例如頸子四周啦，手肘啦，小腿、腳踝啦，真的只是一點點而已，不過，她的身體比以前更豐潤，美得讓人嫉妒，絕逃不過我的眼睛。在我的想像世界裡，剝光她全身的衣服，欣賞她的曲線百看不厭。

「讓治桑，看什麼看得那樣子呢？」

她有時背對著我換衣服時說。

「看妳的身材呀！總覺得比以前似乎更圓潤呀！」

「討厭！——不該看女人的身體呀！」

「我不看，不過，從衣服上大概也了解。先前臀部就很翹，這陣子翹得更厲害。」

「是呀，臀部變大了呀。不過，腳纖細，沒像蘿蔔腿。」

「嗯！腳從小孩時代起就很直。站著的話，就貼得緊緊的，現在也還是這樣子嗎？」

「是呀，貼著緊緊的！」

她這麼說著，用衣服圍著身體站起來看看。

「看！貼得緊緊的呀！」

那時我腦中浮現的是記得在某照片看過的羅丹的雕刻。

「讓治桑，你想看我的身體？」

「想看呀，讓我看嗎？」

「那可不行呀！您跟我不是朋友嗎？——到我換好為止，請到那邊去！」

接著她有如拍我的背部似的，碰地一聲關上門。

像這調調，naomi常故意做出挑動我情慾的動作，然後引誘到緊要關頭，之後就設定嚴厲的關卡，不讓越雷池一步。我與naomi間隔著玻璃的牆壁，看來再怎麼接近，其實是無論如何逾越不了的距離。不小心出手一定會碰壁，再怎麼急躁也碰不到她的身體。有時naomi似乎想袪除那道牆壁，心想「哦，可以了吧」一靠近還是跟原來一樣關著。

「讓治桑，你是好孩子，送你一個吻！」

她常半開玩笑這麼說。儘管是在諷刺我，她嘴唇靠過來，我也要吸它似地快靠到時，嘴唇又逃走了，從距離兩、三寸的地方往我口中吹氣。

「這是朋友的接吻呀！」

這麼說，嗤嗤地笑。

這個「朋友的接吻」奇怪的打招呼方式——吸女人呼吸代替吸嘴唇，不能不滿足的奇怪接吻——後來變成習慣，分別之際。

「那再見，我還會再來喲！」

她的嘴唇送過來，我的臉往前伸出，有如朝向吸入器似地嘴巴張得大大的。她往那嘴裡吹氣，我深深地吸入，閉著眼睛，像是甜美似地在心底嚥下。她的呼吸帶有濕氣，暖暖的，不像是從人的肺部發出來，有花的香甜味。——她想迷惑我，聽說偷偷地在嘴唇上塗香水；這種手法當然那時我不知道。——我常這麼認為：變成像她那樣的妖婦，或許連內臟都和普通女性不同，因此透過她體內，含在她口腔內的空氣，才會有治豔味道也說不定。

我的頭腦像這樣逐漸被攪亂，任由她擺弄。我現在連說不正式結婚不行，單是被玩弄挺麻煩這樣的優勢都沒有。不！老實說，會變成這樣應該從一開始就知道，如果真正害怕她的引誘，不交往就行了，說是為了探究她的真意啦，為了找尋有利的機會啦，不過是自己欺騙自己的藉口而已。我嘴裡說害怕誘惑，如果說真心話，是期待她的誘惑。然而她一直都玩那無聊的朋友遊戲，絕不做更大幅度的誘惑。這大概是她既不喜歡且要讓我焦躁的計謀吧！焦躁到受不了看「時機適當」時，突然脫下「朋友」的假面，伸出得意的魔手吧！現在她一定會出手，是不出手會受不了的女人，我只要「配合」她的計謀，她說東就東，說西就西，只要依她的要求表演，最後會獲得獵物吧！每天仰她鼻息；然而，我的預料似乎不容易實現，心想今天終於脫下面具，明天會伸出魔手吧！到了那一天千鈞一髮時，又被巧妙地溜掉了。

這麼一來，這次我真的焦躁了。只差沒說出「我已經不能等了，要誘惑的話就儘快！」全身露出空隙，暴露出弱點，最後是我諂媚地誘惑她。可是她完全不接受。

「讓治桑，怎麼了？那不就違反約定了嗎？」

像責備小孩的眼神斥責我。

「約定什麼的，無所謂的啦，我已經……」

「不行！不行！我們是朋友呀！」

「哪！naomi不要說那樣的話……，拜託！拜託……」

「囉嗦！說不行就不可……吻你一下好了……」

她像往常一樣「吹口氣」。

「哪！這樣行了吧！不忍耐不行的，這或許已經超越朋友的界限了，是讓治才特別的。」

可是，這「特別」的安撫手段，反而具有異常刺激我神經的力量，根本無法平靜。

「混蛋！今天也不行啊！」

我越來越焦躁。她像風一樣走掉了，一下子什麼事也做不了，自己氣自己，有如被關在籠子裡的猛獸在房間裡走來走去，對所有的東西發脾氣敲敲打打。

我其實為這有如發瘋、可稱為男性的歇斯底里的發作所惱，她每天都來，也固定每天發作一遍。加上我的歇斯底里與一般的性質不同，發作即使停止，之後也不會頓然輕鬆。反而當情緒穩定下來，比一次更清楚，更執拗想起naomi肉體的細緻部分。更換衣服時從衣襬露出來的腳啦！吹氣時靠過來距離兩、三寸的嘴唇啦，這樣的東西比實際看到時，事後反而更鮮明浮現眼前，連嘴唇、腳的曲線都在幻想中逐漸擴大，不可思議的連實際沒看到的部分也有如底板顯像一樣漸漸看清，最後像大理石的維納斯的像，出現在內心闇黑的底部。我的腦中有如被天鵝絨的布幕圍起來的舞臺，在那裡有一個叫

「naomi」的女明星登場。從四面八方射向舞臺的照明，把在漆黑之中搖擺的她白色的身體，以強烈的圓形光包圍。我專心注視時，她肌膚上燃燒的亮光更為明亮，有時似乎要燒到我的眉毛。像電影「特寫」，部分擴大到非常鮮明……那幻影與實感威脅我的官能程度，跟真實的東西沒有兩樣，不足的是無法用手觸摸這一點，其他地方比真實東西更鮮活。注視過久，我最後會覺得暈眩，體內的血液同時往臉部衝上來，自然變成強烈的悸動。於是歇斯底里又再發作，踢翻椅子，扯破窗簾，打破花瓶。

我的妄想日益狂亂，甚至一閉上眼睛黑暗的眼瞼後邊naomi就在那裡。我常想起她芳香的氣息，向虛空張開嘴，「哈地」吸那邊的空氣。走在馬路時，蟄居在房間時想戀她的嘴唇，我突然朝天仰望，「哈！」「哈！」地吸氣。我眼睛看到的儘是naomi的紅色嘴唇，覺得那裡的空氣都是naomi的「呼吸」。亦即充滿天地之間，有如包圍著我，讓我痛苦，聽我的呻吟，望著我笑的惡魔那樣的東西。

「讓治桑這陣子怪怪的，是怎麼了？」

naomi某晚來，這麼問。

「哪，不知為什麼，這麼被妳困擾著……」

「哼……」

「哼什麼？」

「我準備嚴格遵守約定喲！」

「準備維持到什麼時候？」

「永遠。」

「開玩笑！這樣的話我不就發瘋了？」

「我告訴你好方法，用水龍頭的水從頭部淋下去就行了。」

「喂！妳真的是……」

「又開始了！讓治桑那種眼神，我更想捉弄。不要這麼靠近，離得遠一點，連一根手指頭都不要碰到！」

「沒辦法，朋友的接吻可以吧！」

「乖乖的話就給你，可是之後不會發瘋嗎？」

「發瘋也沒關係。那樣的事管不了那麼多了！」

27

那晚naomi讓我坐在桌子的對面，「連一根手指都不讓我碰」，有趣似地注視我的臉，到夜深閒聊，十二點鐘響。

「讓治桑，今晚讓我住這裡喲！」

又以諷刺人的語調說。

「住下來，明天是星期日我整天在家。」

「可是，不能因為住下來就什麼都聽讓治桑的要求哦！」

「不！不要憂心，因為妳也不是說什麼都聽的女人。」

「這樣不是很好嗎？」

她說著，竊笑。

「你先去休息，可不要說夢話！」

把我趕到二樓，她進入隔壁的房間，喀嗒地上了鎖。

我當然在意隔壁房間不容易睡著。以前還是夫婦時候沒有這麼無聊事，我這樣躺著，她在旁邊。這麼想，我感到無限的懊惱。隔著一道牆的對面，naomi或許是故意的，頻頻弄出聲響，在地板上弄出劈啪的響聲，鋪棉被，拿出枕頭準備就寢。啊，現在解開頭髮，脱下衣服換上睡衣吧！那些樣子了解得一清二楚，然後「啪」地放下寢具的樣子，接著聽到她的身體倒向棉被的聲音。

「聲音好大啊！」

我半是自言自語、半是讓她聽到似地説。

「還沒睡啊？睡不著嗎？」

從牆壁的對面，naomi馬上回應了。

「老是睡不著——我想好多事。」

「唔，讓治桑想的事，不用問也知道。」

「可是，實在很奇怪呀！妳現在明明睡在牆壁的另一邊，卻什麼事也不能做。」

「一點也不奇怪呀！以前就是這樣呀！我剛到讓治桑這裡的時候。——那時就像今夜這樣睡著不是嗎？」

我被這麼一説，啊，是嘛！以前也有過這樣的時代，那時彼此都單純，我感覺似乎掉了幾滴眼淚，然而這絲毫也不能平息現在的我的愛慾。反而只讓我痛切感到兩人因為多麼深的因緣結合在一起，終究離不開她。

「那時候妳天真無邪啊！」

「現在我也很天真啊，心裡有鬼的是讓治啊！」

「喜歡怎麼說就怎麼說，我準備追妳到底。」

「唔唔唔！」

「喂！」

我說著，敲了一下牆壁。

「哎呀！做什麼呢？這裡不是曠野中的孤房喲！拜託小聲一點！」

「這道牆壁討厭，我想把這道牆打壞掉！」

「好吵！今夜老鼠很不平靜！」

「當然不平靜！這隻老鼠已經歇斯底里。」

「我討厭那樣的老公公的老鼠！」

「混蛋！我不是老公公、才三十二而已！」

「我十九，從十九來看三十二的人就是老公公呀！我不會說壞話，外頭討個老婆好了，這樣說不定歇斯底里就痊癒了。」

naomi不管我怎麼說，最後就只嘻嘻地笑。

不久，

「我要睡了喲！」

故意做出打鼾聲；不過沒多久似乎真的睡著了。

第二天早晨醒過來一看，naomi穿著睡衣、衣裝不整地坐在我枕邊。

「怎麼樣？讓治桑，昨夜很慘吧！」

「嗯！這陣子，有時我會變得歇斯底里，害怕嗎？」

「有趣呀！再那樣子給我看！」

「已經好了，今早已經完全好了。——啊，今天是個好天氣！」

「好天氣就起床吧？已經超過十點了。我一小時之前起床，今早去洗了澡回來。」

她這麼說，我躺著仰望她洗澡後的樣子。女人洗過澡的樣子，那真是美極了，比起剛洗時，過十五分、二十分，經過一段時間之後最好。泡在水裡皮膚再怎麼漂亮的女性，有一段時間肌膚會泡過久，指尖會紅腫，但是很快地身體冷卻到適當溫度，會像蠟凝固一樣透明。現在洗好澡回來被戶外的風吹拂，是洗過澡之後最美的瞬間。那脆弱的、薄薄的皮膚，即使還含著水蒸氣也是純白色，隱藏在衣襟的胸部有水彩畫顏料的紫色陰影。臉泛發光澤，帶有有如貼了面膜的光澤，只有眉毛部分還濕濕的，還有晴朗的冬天天空，透過窗戶映照出淡淡的藍。

「怎麼了？一大早就去洗澡？」

「什麼怎麼了？多管閒事——啊！好舒服！」

她用手掌輕輕打鼻子的兩邊，然後突然臉往我的臉前送過來。

「等等！幫我看看，長了鬍子耶？」

「啊，是長了鬍子。」

「我應該順便到理髮店刮臉再回來。」

「妳不是討厭剃吧？聽說西洋的女人絕不刮臉的。——」

「不過這陣子，聽說美國已流行刮臉。看看我的眉毛，美國的女人都像這樣子大家都剃眉毛。」

「是呀，現在才察覺，真是太落伍了！」

naomi這麼說，想著別的事情的樣子，

「讓治桑，歇斯底里真的治好了？」

突然問起這件事。

「嗯，好了呀。怎麼了？」

「要是好了，有事想拜託讓治。——現在去理髮店太累了，能幫我刮臉嗎？」

「這麼說，是想讓我歇斯底里再發作嗎？」

「哎呀！不是啦！真的是誠心拜託啦，幫我服務一下可以吧？當然要是歇斯底里發作受了傷就不得了了。」

「我借妳安全剃刀，自己刮怎麼樣？」

「不行啦！臉還可以，可是從脖子四周一直到肩膀後邊都要刮呀！」

「咦？為什麼連那裡都要刮呢？」

「本來就這樣，要是穿夜禮服，連肩膀都露出來吧——」

接著故意露出一點點肩膀讓我看：

「看，要刮這裡呀，所以自己沒辦法刮。」

說著，她又趕緊把肩膀藏入衣服裡邊，雖然是每次的「伎倆」，對我來說依然是難以抵抗的誘惑。naomi這傢伙，想刮臉是沒什麼，準備捉弄我才去洗了澡。——雖然明白，總之要我幫她刮臉，是以往沒有的一個新的挑戰。今天可以靠近，仔細端詳她的皮膚，當然也可以碰觸看看。光是這麼想我就沒有勇氣拒絕她的要求。

我幫她用瓦斯爐燒熱水，用洗臉盆取水，換刀片，做各種準備之間，她把桌子搬到窗邊，上面放一面小鏡子，盤腿而坐，臀部落在兩腳之間，接著用白色大毛巾圍在衣領周圍。我繞到她後邊，用小刷子塗上泡沫，終於要刮的那一瞬間，她說：

「讓治桑，幫我刮可以，不過有一個條件的。」

「條件？」

「是的。不是什麼困難事。」

「什麼事？」

「不要假裝刮，用手指掐我，我討厭。一定不要碰到皮膚才可以。」

「可是，妳——」

「『可是』什麼？不碰到也能刮不是嗎？泡沫用刷子塗就行了，用吉列特剃刀……，到理髮店高明的理髮師也不會碰到肌膚呀！」

「拿我跟理髮店的理髮師比，真受不了！」

「不要說大話，其實你很想幫我刮！——如果不喜歡的話，我也不勉強拜託啦！」

「不是不喜歡。不要說東說西就讓我刮吧！好不容易都準備好了！」

我注視著naomi衣領後翻的長長髮際，除了這麼說別無他法。

「那就依條件去做？」

「好啊！」

「絕對不可以觸碰呀！」

「嗯！不會觸碰！」

「要是稍微碰到，那時馬上就停止喲！請把左手放在膝上。」

我依她說的做。只使用右手，剃她的嘴邊。

她陶醉似地享受剃刀刀刃「愛撫」的快感，眼睛瞪著鏡面，乖乖地讓我刮。我耳中聽聽快睡著的呼吸聲，我眼睛看得到她下顎下邊律動的頸動脈。我接近她的臉近到幾乎被她的睫毛刺到。窗外乾爽的空氣中，晨光照射，明亮到連每一個毛細孔都數得出來。我從未在這麼明亮的地方，可以這麼精細一直凝視自己所愛的女人。這麼看，她的美具有巨人般的偉大，有實體逼迫過來。那可怕的細長眼睛，像傑出建築物的挺直鼻子，從鼻子連接嘴巴的兩條線，那線下邊有深深刻劃的紅色嘴唇。啊，這就是「naomi的臉」一個靈妙的物質嗎？這物質成為我煩惱的種子？……這麼一想實在很不可思議。我不由得拿起刷子，往那物質的表面，弄出許多肥皂泡沫。任由刷子來回刷，它只是靜靜地，不反抗、只以柔軟的彈力微動而已。……

……我手中的剃刀，有如銀色的蟲在平滑的肌膚上爬行，從頸子向肩膀移動。好身材的她的背部，像純白的牛乳，寬而高進入我的視野。她是否看自己的臉呢？她知道背部是這麼美嗎？她自己恐怕不知道吧！知道得最清楚的是我。我曾經每日往這背部淋熱水。那時就像現在一樣攪起泡沫。……這是我戀愛的古蹟。我的手，我的手指，在這淒豔的雪上嬉戲，在這裡自由、快樂地踩著。或許現在哪裡還留有痕跡。……

「讓治桑，你的手顫抖著呢，拿穩一點，拜託！」

突然naomi說。我的頭轟然作響，口中乾渴，自己也知道身體奇怪地顫抖。感到「發瘋了！」拚命要忍住時，突然臉變熱、變冷。

可是，naomi的惡作劇不只如此。肩膀剃好之後，捲起袖子，手肘舉得高高的，說：

「接下來是腋下！」

「咦，腋下？」

「是呀——穿洋裝腋毛要剃掉呀！這裡被看到是失禮的不是嗎？」

「壞心腸！」

「怎麼是壞心腸，奇怪的人哪。——我怕熱水冷了快點！」

那一刹那，我遽然丟下剃刀，往她手肘靠過去。說靠過去不如說是咬住。於是，naomi有如預料到似的，馬上用手肘把我頂回去，我的手指似乎要碰到某處，由於泡沫滑開了。她再一次使力把我向牆壁方向推開之際……

「你做什麼啊！」

她尖叫。我一看，她的臉——可能因為我的臉蒼白吧！她的臉也——不是開玩笑的——蒼白。

「naomi，naomi，不要再諷刺我了！好，什麼都聽妳的！」

我自己都不知道說了什麼。只知道急著，說得快，有如發燒過頭似地說。naomi默默地、目不轉睛，站得直直的，十分驚訝似地瞪著我。

我跪到她腳下，說：

「哪，怎麼不說話，說說話呀！討厭的話就把我殺了吧！」

「發瘋了！」

「發瘋了不好嗎？」

「誰會喜歡瘋子呢？」

「那把我當馬吧！像以往那樣騎在我背上，實在不喜歡的話，只要做這個就行了！」

我說，在那裡趴下來。

一瞬間，似乎以為我真的發瘋了。她的臉那時蒼白到都變黑了，瞪著我看的眼中，有接近恐怖的東西。但是，忽然，她猛然露出大膽的表情，「咯」的，跨上我的背部。

「好，這樣行了吧？」

語氣像男人。

「嗯！這樣可以。」

「往後什麼都聽我的？」

「嗯！都聽妳的。」

「只要我要，無論多少錢都會拿出來？」

「是的。」

「讓我做我喜歡的事？還是一一干涉呢？」

「不干涉了！」

「不要叫我『naomi』，要叫『naomi桑』！」

「好！好！」

「一定哦！」

「一定！」

「好，不把你當馬看待，當人看待，因為太可憐了！」

於是，我和naomi兩人弄得全身都是泡沫。

「……這樣總算成為夫婦，以後不會讓妳跑掉的！」

我說。

「我跑了有那麼大的困擾嗎？」

「是呀！有一段時間還以為妳不回來了。」

「怎麼樣？知道我的厲害了吧！」

「知道了，知道得太多了！」

「哪，剛才說的不要忘記了！隨我高興做什麼就做什麼。——雖說是夫婦，我不喜歡呆板的夫婦。要不然，我會再逃走喲！」

「往後以『naomi桑』、『讓治桑』的方式稱呼。」

「有時會讓我去跳舞？」

「嗯！」

「可以交各色各樣的朋友？不像以前那樣囉嗦？」

「嗯！」

「我跟麻將已經絕交了呀！——」

「耶？跟熊谷絕交了？」

「是的，絕交了，我不想有那麼討厭的傢伙。——往後儘可能和西洋人交往，比日本人有趣。」

「橫濱的馬可尼爾呢？」

「洋人的朋友，有一大堆呀！說到馬可尼爾並沒有奇怪的關係喲！」

「哼！誰知道？」

「不能老是懷疑人，我如果這麼說，就請你相信。你到底相信，或不相信呢？」

「相信！」

「還有別的要求喲！——讓治桑辭掉工作有什麼打算？」

「要是被妳拋棄，我想搬回鄉下；現在既然這樣，我就不搬了。處理鄉下的財產之後，換成現金帶過來。」

「換成現金有多少？」

「可以帶來的，有二、三十萬吧！」

「只有那一點點？」

「有這些的話，妳和我二人足夠了，不是嗎？」

「我們可以過奢侈的生活？」

「那可不行。——妳可以不做事，我想開什麼事務所，單獨工作。」

「不要把錢全部投入工作上，讓我過奢侈生活的錢要另外放。可以嗎？」

「好啊！」

「那就拿一半另外放。——三十萬圓的話是十五萬圓，二十萬圓的話是十萬圓——」

「妳的心思很細密哪！」

「那當然囉！剛開始就得說好條件，——怎麼樣？答應了？那麼想要我當你太太，不能給我這些嗎？」

「不是不行。」

「如果不行就說，現在說還來得及。」

「沒問題，——我答應了——」

「其他還有呀——既然這樣，不能住在這樣的家，搬到更豪華、更時髦的家吧！」

「那當然！」

「我想住在西洋人的街道，西洋人的房子，有漂亮的寢室和餐廳，有廚師，服務生可以使喚——」
「那樣的房子，東京有嗎？」
「東京沒有，不過橫濱有，橫濱的山手地方剛好有一家空著，上一次去看過了。」
我現在才知道她有很深的計謀。naomi從一開始就有這樣的打算，擬訂計畫釣我。

28

接下來我說的是三、四年後的事。
我們之後就搬到橫濱，租借了naomi早就看中的山手地方的洋房，然而，隨著奢侈生活的習慣，不久也覺得那個家太小了，很快就搬到本牧地方，之前是瑞士人住過的家，我們連所有的家具都買下來。由於大地震，山手方面全部被燒光，本牧慶幸得多，我的家也只有牆壁龜裂而已，談不上什麼大損害，或許會帶來某種幸福也說不定。因此，我們現在也一直住在這個家。

我後來如計畫辭掉大井町的工作，處理鄉下的財產，跟學生時代的兩、三個同學，合資開始經營製作、販賣電機的公司。這家公司由於我出資最多，所以實際工作由朋友來做，我沒必要每天到辦公室；可是，不知怎的，naomi不喜歡我整天待在家裡，所以雖然不願意，我每天還是去公司繞一圈。我早上十一點左右從橫濱到東京，到京橋的辦公室停留一、兩個小時，大概傍晚四點左右回來。

從前我很勤快，早上早起；這陣子，我不到九點半或十點起不來。一起來穿著睡衣馬上踮著腳尖走路，到naomi寢室前，輕輕地敲門。不過，naomi比我睡得更晚，那時候還半睡半醒。

「嗯！」

有時候這樣回答，有時還睡著未醒。如果回答我就進入房間打招呼，如果沒有回答就在門前折返，到辦公室去。

像這樣子，我們夫婦不知何時開始分房睡覺；原因呢？是naomi提議的。她說，婦人的閨房是神聖的，即使是丈夫也不能隨意侵犯。大的房間她自己要了，隔壁的小房間分配給我。即使是隔壁，兩個房間不能直接相通。這之間還夾著夫婦專用的浴室與廁所。也就是，彼此間隔，無法從一邊的房間穿過到另一人的房間。

naomi每天早上到十一點多為止，既非起床也不是睡著，而是在床鋪上或吸菸或看雜誌。菸是dimity，細條的；報紙是《都新聞》，雜誌是看《classic》或《work》。不！其實不是看內容，而是其中的照片——主要是洋裝的剪裁或流行——一張一張仔細瞧。她的房間東邊和南邊打開，陽臺下邊就是本牧的海，早上很早光線就明亮。naomi的床鋪如果是日式房間可以鋪二十張榻榻米左右，擺在廣闊的寢室中央。那也不是一般便宜的床鋪。是某東京的大使館賣出來的、附有天蓋，白色像紗的簾子垂下來的床鋪，可能是買了它之後，naomi睡得更舒服，比以前還難於離開床鋪。

她洗臉之前，要在床鋪喝紅茶和牛乳。在這之間傭人準備好浴室。她起床之後就先洗澡，洗好之後又躺下來，讓人按摩。然後梳頭，磨指甲，說是七種道具其實不只七種，把幾十種的藥或器具用到臉上，穿衣服也是東挑西選的，到餐廳大概是一點半。

用過午餐之後，到晚上之間幾乎沒事。晚上不是被邀就是邀別人，要不然就到飯店跳舞，一定會有什麼節目的，到了那時，她又再化妝一次，換衣服。晚上有宴會時就更不得了，洗澡，要傭人幫忙全身抹粉。

naomi的朋友經常改變。濱田、熊谷在那之後就不見影子，有一陣子似乎喜歡馬可尼爾，但沒多久有取代他的人，叫迪根的男子。迪根的下一位是叫可斯達斯的朋友。這個叫可斯達斯的男子，比起馬可尼爾更讓人不舒服，討naomi歡心的手法實在高明，有一次在舞會時我生氣打過這傢伙。於是事情鬧大了，naomi替可斯達斯幫腔，罵我「發瘋了！」我更是憤怒追著可斯達斯打。大家抱住我，大聲叫「喬治！喬治！」我的名字是讓治，西洋人當成是George，就叫「喬治」、「喬治」由於有這件事，結果可斯達斯就不來我家了；但同時naomi又提出新的條件，我服從了。

可斯達斯後有第二、第三個可斯達斯出現，這是當然的，但是現在的我，自己也覺得不可思議，安靜了。人，一旦遭遇過可怕的經驗，就成了固定的觀念，一直留在腦中，我即使現在也忘不了naomi逃走時那種可怕的經驗。「知道我的厲害吧！」她這句話，現在也還在我耳邊響起。我從前就知道她的水性楊花與任性，如果把這些缺點拿掉，她的價值就沒有了。淫蕩的傢伙！任性的傢伙，我越想就越覺得她可愛，我掉入她的圈套。因此，我了解自己如果生氣，會輸得更慘。

沒有信心，就沒法子，眼下的我英語比不上她。實際交往英語自然會變好吧！她在晚會席上向婦人或紳士討好，聽她嘰哩呱啦地說，發音是從前就很好的，她的英語帶有洋人腔調，我常聽不懂。她有時也學洋式叫我「喬治」。

我們夫婦的紀錄到此結束了。讀它，覺得糊塗的人就請笑一笑；認為是個「教訓」的人，就當成「範本」好了。我自己愛戀 naomi，別人怎麼想也就不管那麼多了。

naomi 今年二十三，我三十八。

（完）

國家圖書館出版品預行編目資料

痴人之愛 / 谷崎潤一郎著；林水福譯．
-- 初版．-- 臺北市：聯合文學，2007.11
296 面；14.8×21 公分．--（聯合譯叢；48）

ISBN 978-957-522-730-2（平裝）

861.57　　　　96020162

聯合譯叢 048

痴人之愛（痴人の愛）

作　　者／谷崎潤一郎
譯　　者／林水福
發 行 人／張寶琴

總 編 輯／周昭翡
主　　編／蕭仁豪
資深編輯／尹蓓芳
編　　輯／林劭璜
資深美編／戴榮芝
業務部總經理／李文吉
行銷企劃／蔡昀庭
發行專員／簡聖峰
財 務 部／趙玉瑩　韋秀英
人事行政組／李懷瑩
版權管理／蕭仁豪

法律顧問／理律法律事務所
陳長文律師、蔣大中律師

出 版 者／聯合文學出版社股份有限公司
地　　址／（110）台北市基隆路一段 178 號 10 樓
電　　話／（02）27666759 轉 5107
傳　　真／（02）27567914
郵撥帳號／17623526 聯合文學出版社股份有限公司
登 記 證／行政院新聞局局版台業字第 6109 號
網　　址／http://unitas.udngroup.com.tw
E-mail:unitas@udngroup.com.tw

印 刷 廠／百通科技股份有限公司
總 經 銷／聯合發行股份有限公司
地　　址／（231）新北市新店區寶橋路235巷6弄6號2樓
電　　話／（02）29178022

出版日期／2007 年 11 月　初版
2020 年 9 月 3 日　初版三刷第二次
定　　價／300 元

ISBN 978-957-522-730-2（平裝）